中公文庫

チョッちゃんだってやるわ

新版

黒柳　朝

中央公論新社

神さま、魔法をかけてください

人生は回り舞台。今の私は陽の当たり過ぎるほどの舞台の正面に立っているような気がしています。

「僕が目を離すと、ママは何をしでかすか分からないからな」と生前よくいっていたパパのセリフが、聞こえてきます。今ごろ、天国のパパははらはらして、私を見ていることでしょう。

パパが亡くなった後、友人が、

「今度はあなたの出番よ。チョッちゃんらしく何かに挑戦してみたら」

と励ましてくれました。でも、貧乏生活のやりくりと四人の子どもの子育て、子ども全部を束にしても足りないほど手のかかるパパとの明け暮れを過ごしてきた私に、いったいどんな可能性があるのでしょう。どうやって探したらよいのでしょう。

私の中にあって今までちょこちょこ芽を出そうとしていたもの、夢と現実が戦っていたもの、その中から可能性を探すとしたら、それはユニークで、しかも強靱なものでなければなりません。生きていくためには。

七十四歳、一人旅。いっそ小気味いいほど遅い旅立ちだけれど、老いも若いも関係ないもの。人間いつでも、何でも、始められるときに始めればいいのだから。私にあるのは陽気で一本気なこと。それに勇気と少しばかりの知恵をプラスして……。幸せは向こうからはやってこないもの。こっちからつかまえなきゃ。と発展途上的人間の私は考えました。

PTAでさえ話をしたことのない私だったのに、もう講演も百五十回以上になりました。

エッセイを「週刊朝日」に連載させていただき、それをもとにした本が、今度は文庫本になることになりました。みんな夢の中でも見たことのないような出来事ばかり。長年の黒子役が七十歳過ぎて、こんな大役にあずかることがあるのですから、人生は魔術師。

神さま、どうぞ私に魔法をかけてください。何の役にでも精いっぱい取り組んで、いい役者になりたいと思っていますから。

目次

アメリカ、カナダ一人旅

夫唱婦唱五十年

子どもは子ども、親は親

人生は魔術師

チョッちゃんだってやるわ

巡ってきた主役の座

「ママ、僕死ぬの？」

　喧嘩相手のパパとの別れは、突然やってきました。

　一九八三年の四月の初め、狭心症で一カ月ほど入院していたのを、病院の先生にせがんで退院させてもらってから、一週間目の出来事でした。

　いちばん恐れていた冬を無事に乗り切ってほっとしていた四月三十日、あっけなく、ほんとうにパパは死んじゃいました。私には、とても信じられないことでした。

　パパは肺気腫という持病がありながら、見た目には弱々しくなかったし、今まで不死身のように、倒れても倒れても起き上がってきたのだもの。

　その朝、六時ごろ、パパはベッドの上に起き上がって、薬の袋をガサガサいわせていました。パパが手にしているのは、心臓の薬のニトログリセリンです。

「今朝これを五つも飲んだんだけど、胸苦しさが治らないんだよ」

　といいます。

「そう、それでお薬はまだあるの？」

と聞きました。薬がなければ、パパを連れて病院へ行かなければなりません。

「じゃ、早く支度して」

といって、パジャマを着替えさせていると、

「ママにはずいぶん長い間、世話になったなあ。でも、僕はママのおかげで、本当に幸せな生涯を送れたよ。ほんとうだよ」

などといっています。

不思議なことに、今まではそんなことをしたことがなかったのに、この日はすぐそばに住んでいる黒柳の甥夫婦にすぐ来てほしいと連絡し、これも近くに住んでいる友人のきみさんに留守をお願いすると、タクシーが来るのを待ちました。

その間もパパは胸が苦しいようでした。それでも爪など切っていましたが、私に鏡を持ってこさせると、

「死相が出ているかなあ」

というのです。

「冗談じゃないわよ、自分の死相を映して見てるバカはいないわよ」

と、わざと薄情にいったりしました。そのうち、パパの症状から、タクシーではなく、酸素の用意のある救急車のほうがよいと思い、そうお願いしました。

救急車の中でもパパは苦しそうでしたが、意識ははっきりしていて、私がパパの年齢を一つ間違えて答えると、

「ママ、違うよ、一つ多いよ」

と訂正します。

「いやね、聞いていたの、年の一つや二つ、どうだっていいじゃないの、病院に着けばカルテもあるのだし」

というと、ちょっと笑いました。

前に、やはり救急車で運ばれた時、ピポーピポーとなる音が気に入らなくて、

「あの音はなんだ、止めろ」

とどなったものでしたが、今日は怒ったりはしないのです。

ちょうどラッシュ時です。救急車は、

「救急の患者です。道を開けてください」

と拡声機でお願いしながら、病院へ急ぎます。

「パパ、ありがたいわね。もうほんのちょっと、あと十分ぐらいよ」

と話しかけつづけました。

パパがかかりつけの藤沢の市立病院の集中治療室に入り、主治医の先生やなじみの

看護婦さんの顔をみると、私は急に安心して、

「パパはもう大丈夫、またすぐ、おうちに帰れるようになるわ」

そう思えるのでした。

パパは鼻と口から大きな管を通されています。一人の先生がベッドのパパの上に乗り、胸の骨が折れるのではないかと思われるほどの力で人工呼吸してくださる。そのようすが廊下にいる私たちにも分かります。

そっとのぞくと、パパはわめきもうめきもせず、静かに目をつぶっています。あんなに手当てをされるのが嫌いなパパなのにと思うと、胸がキュッとひきつりました。

パパの鼓動が活発な山のような線になって、モニターに映し出されます。人工呼吸をしてくださっている先生の額にも頬にも、汗がしたたります。こんなに一生懸命、力を尽くしてくださっていると思うと、感謝の気持ちでいっぱいになるのでした。

十時半。

「ママは、ママは」

とパパが私を呼び、看護婦さんが私を部屋に入れてくださいました。パパは目を開けて、私のほうにほんのかすかに両手を持ち上げると、これが精いっぱいというように差し出しました。私はその両手をしっかり握り、左右に振りながら、

「パパ大丈夫よ、もう少しよ」

といいました。

「氷の入った冷たい水が飲みたい」

看護婦さんが、すぐ小さい氷を持ってきて、口に入れてくださいました。

私がパパの首の下に右手を入れて、抱くようにすると、

「ママ、僕死ぬの？」

と、はっきり聞くのです。

「何いってるのよ、先生方が一生懸命やってくださっているんだもの。とんでもないわよ」

そういうと、コックリとうなずき、二、三度、大きく深呼吸をしました。私は、ああ、これで助かった、と思ったのです。

けれど、それがパパの意識があった最後でした。パパと私の最後の会話でした。

十一時でした。

私には、何もかも、時間もないその静かな人間の死が信じられないことでした。ほんとうに信じられない別れでした。若い時のあの激しさ、喜びも怒りも、どんなにか若い私を戸惑わせたパパの個性も、一瞬にして消えてしまったのです。

先生や看護婦さんたちの介抱は、その後も三時間あまり続きました。そして死亡診断書には、死亡時刻・午後一時五十八分と書いてありました。

あの、せわしく山を描いた心臓の動きも、横一本の線になって、寂しくツーツーと、さよならの挨拶をしているようでした。

パパの日ごろの遺言は、

「僕が病院で死んだら、家に遺体をもってこないで、そのまま火葬にしてほしい。家にはお骨を持って帰って、それで簡単に、質素にお葬式をしてほしい」

ということでした。

「どうせ僕が死んだって、泣いてくれる人もいないし、お花だって持ってきてくれる人なんかいないんだから」

謙虚なのか、ひがみ根性が強いのか、いじけていたのか、私にはいまもって分かりません。友人も持たず、バイオリン以外の趣味もないのです。私はいつも、友達と旅に出るとか、なにかしたいことはないのだろうか、と思っていました。なんでも私に合わせているようで、私が花を植えたり買い物に行く時でも、一緒にそばにいればいいというふうでした。

「留守番をしていると電話がかかってくる」

「玄関に人が来たらどうしよう」

そんな心配をするくらいだったら、一緒に行ったほうがましだと思うらしいのです。駅前に買い物に行った時は、外でお昼を食べるとか、お茶を飲むとかが楽しみのようでした。外で食事したりお茶を飲んだりは、私の経済状態ではあまり好ましいとはいえないことでしたけれど、それをしないことには、かわいそうなほどショゲてしまいます。

そんなに家が好きなパパを、まっすぐ火葬場なんかに連れて行かれるわけもなく、寂しい病院の遺体安置所で帰宅の許可を待ちました。

先生方から「このたびは」というごていねいなお悔やみの言葉をいただき、私たちも、このうえなく充分なお心をこめられた治療と看護に、心からお礼を申し上げました。そばのお棺の中に、パパが永遠の眠りについているのです。なんとむなしい、悲しい挨拶なのでしょうか。

そして最後に先生方から、一時間ほどですみますから、胸を開けて見させてほしいという申し入れがありました。十二、三年通院していた病人です。あるときは不思議によくなって、呼吸器科の先生が信じられないというふうに、

「何か特別な療法でもなさっていらっしゃいますか」

とお聞きになったと、とてもうれしそうに話していた顔を思い出します。

肺気腫には風邪が禁物です。肺炎を起こして何度入院したことでしょう。今夜が峠ですからといわれ、家族全員が集まったこともありました。

でも、パパはどんなに苦しい時でも、看護婦さんに車椅子でトイレに連れて行ってもらいました。家で熱を出して起き上がるのが大変な時でも、トイレまでつかまり立ちをして歩いて行きました。ベッドをちょっと下りれば用が足せるようにしてあげても、一度もそんな始末を私にさせたことはありませんでした。

最近、ベッドの上でよく祈っている姿を見ました。私はいつも気づかれないように、そっと隠れて見ていました。今にして思えば、パパは最後まで自分で用が足せるように、神さまにお願いしていたのだと思います。

そしてその祈りは、完全に聞いていただけたのです。

先生に依頼された解剖の返事をしました。

子どもたちと相談して、かわいそうでたまらないけれど、ほかの同じ病気の方のために、どうぞお役立てくださいとお返事させていただきました。でも、遺された者にとっては、つらいことでした。

一時間ほどたって、先生は、胸の中で長年パパを苦しめていた病気の原因を話してくださいました。死因は心筋梗塞。肺の中に九センチくらいの風船のようなものが五つもあり、なお無数のピンポン玉大のものができていたと、素人の私たちに理解できるように話してくださいました。

とかく病人の話はオーバーだと思いがちですが、決してオーバーだなどと聞いてはいけないという教訓を受けました。パパも長年、どんなに苦しかったことでしょう。私はもっともっとやさしくしてあげなかったことを、心の中でおわびしました。

「パパ、さあ、帰りましょう」

と、一緒の車に乗って家に帰りました。

み言葉をください

家の中はすっかり整頓されて、お葬式向きに変わっていました。パパをいちばんいい席に安置して、初めて死に顔をゆっくり見ました。ちっともやせていませんから、顔もふっくりして、私が今まで見たこともないような、それはそれは安らかな顔でした。

平和に満ち、慈愛にあふれ、

「今まではみんなのために何もできなかったけれど、これからは、天国で神さまと一緒にあなたがたを見守ってあげましょう」

といっているように見えました。

パパはいつも、僕が死んでも葬式は簡単にしてほしい、といっていました。子どもたちは、人に代わってもらえない仕事だから、後で都合のよい時にお墓にでも来てくればいい、といっていました。それはみんなへの遠慮だったと思います。遺体を家へ連れて帰らないでというのは、白い布を顔にかけてあるのを、小さい孫たちが見て恐ろしく感じてはかわいそうだという思いやりだったかもしれません。それにおしゃれな人でしたから、どんな死に顔をしているか自分では見ることができないという不安があったのだと思います。亡くなる朝、鏡を見ていたのは、きっとそんなことが心配だったのでしょう。こんなにハンサムな死に顔なのに。

「ほんとうにパパ、ちょっとでいいから目を開けてみてよ」

と、私は何度心の中で叫んだことでしょう。

私は白木のお棺はいやだと思っていましたが、葬儀屋さんに聞きましたら、ウレタンの上を真っ黒いビロードで張ったやわらかい感じのものがあります、とのことでしたから、それをお願いしました。

白いワイシャツを着せ、パパのいちばん好きだった背広をちゃんと着せて、パパが元気になっていつか二人で出かける時のためにと、奮発して買っておいたイタリア製の美しい色のネクタイも結んであげました。

孫たちや子どもたちは、みんな手紙を書いて入れました。

私も自分の書いた本と手紙を入れましたが、この本のことを、パパは本が出るまでぜんぜん知りませんでした。雑誌社の方がちょいちょい来ていましたから、なにやら書いていることは知っていましたが、でも「女性誌の連載なの」とだけいって、見せたりしたことはありませんでした。何事にも厳しい人ですから、なんだかんだといわれても困るわ、という思いでした。とにかく七回ほどの連載が終わり、それにまた書き足して、亡くなる半年ほど前にやっと本になりました。

ある朝、パパがびっくりしたような声を出して、

「ママの本の、すごく大きな広告が出ているよ」

と、新聞をぶらさげて私の部屋へとび込んできました。

「ほんとだ！」

それは私も驚くほどの大きな広告でした。本を見せてとせがまれて、おそるおそる

読んでもらいました。夕方、読み終えて、

「ママ、上等だよ、結構でした」

と捧げるようにして、私に本を返し、

「ぼくにサインして一冊くれないか」

といいました。私は、

「まさか、イヤよ！」

と答え、とうとうサイン入りの本はあげずじまいでした。

そんないきさつがあったので、私はお棺の中に新しい本を一冊入れたのです。本の見返しに、

「長い間ご苦労さまでした。充分に尽くしてあげられなくてごめんなさい」

と書き、私の名前を書いて、最後に、

「愛と祈りをこめて、パパに」

と付け加えました。それから、

「あなたはこの世のつとめを充分に果たして、今、天の神さまのおそばに凱旋していくのです。またいつか、天国でお会いしましょう」

と書いた手紙も入れました。

鎌倉雪の下教会の牧師、加藤常昭先生や教会の方たち、甥や姪や親類たち、みんな集まって、悲しみのうちにお通夜を終わりました。

次の日は、雪の下教会で、加藤先生司式のもとに、とても荘厳な素晴らしい葬儀を行うことができました。中央に黒いビロードの柩、その上に写真とバイオリンと弓がのせてありました。

「僕が死んだって、花一本持ってきてくれる人なんかいないよ」

といっていたのに、広い祭壇は一面の花でした。加藤先生は、学生のころにパパの音楽会によくいらしてくださっていましたので、いっそうの愛情をこめて温かい葬儀にしてくださいました。

賛美歌はパパが生前好きだった二篇の八十番「み言葉をください」という歌でした。

この賛美歌は、ある日曜日、パパが初めて聴いて、その言葉と曲の素晴らしさに、感動を胸にしまっておけなくなり、帰りに加藤先生に、

「素晴らしい歌ですね」

と申し上げたことがあったものです。先生はこの時のことを覚えておられ、葬儀に使ってくださったのでした。

み言葉をください、
降りそそぐ雨のように、恵みの主よ。
飢えと渇きに　くるしみうめき、やみ路さまよう　いのちのために。
み言葉をください、
吹いてくる風のように、救いの主よ。
からみつく罪　根こそぎはらい、全《また》き勝利の　きよめのために。
み言葉をください、
草におく露のように、生命《いのち》の主よ。
人と人との　こころかよわず、争《あらそ》いなやむ　世界のために。

私はこの賛美歌を、いつになったら泣かないで歌うことができるでしょうか。

パパがお骨になって出てきました。私はパパのいろいろな表情やしぐさを思い出しました。このパパとの対面が、いちばんつらく悲しいものでした。私は、なんとも不思議なものを見るように、パパの白い骨を眺めました。形容のできない白い骨、肉から離れた白い骨は、私に何も語りかけてはくれないのです。箸でつまみながら、

「もうなんの苦労もなくなったのねえ。パパに初めての平和が甦ったのねえ」

と思い、胸がつまりました。

この別れのために、何十年かを寄り添って生きていたのかと思うと、なんだか生まれてから死ぬまでの旅路が、腹立たしくさえ感じられました。日ごろパパがいっていたのとは反対に、毎日のように次から次へとお花が届き、弔電が配達されてきました。

今まで待っていても花をつけてくれなかった庭の植木が、意地悪のようにたくさん花を咲かせたりもしました。でも、パパが大好きだった、十五年も元気に咲きつづけたあの楡桜《にれざくら》は、パパの死の二ヵ月前に花もつけずに枯れてしまったのです。

埋骨の日、石屋さんがお墓の蓋をあけると、パパの最も愛した長男、明児の、可愛いい小さな骨壺がチョコンと見えました。

パパの骨壺を、その横に並べて置きました。

二人は再会を喜び合い、天国で楽しく遊ぶことでしょう。

私はうす紫色のカードをつくり、親戚や友人たちに心ばかりの挨拶状を出しました。

私の略奪結婚

私がパパと一緒になったのを、
「大恋愛だったそうですね」
といわれることがあるけれど、まるで違うのです。

私は、音楽学校の声楽科三年の時、アルバイトに山田耕筰先生がやっていらした日本楽劇協会の、オペラのコーラス・ガールのアルバイトをしていました。

オペラは「椿姫」や「お蝶夫人」「カルメン」などで、曲の勉強にもなるし、時には舞台衣装をつけてやるときもあって、それがうれしく、声楽科の生徒にとっては勉強と実益をかねた楽しみなアルバイトでした。

とくに「堕ちた天女」は、歌舞伎座で、練習一カ月、本番一カ月と二カ月も続きました。

パパは、その間ずっといつか私を誘おうと機会をねらっていたようですが、私のほうは彼を意識するどころか、顔もよく憶えていませんでした。

オペラの最後の日、パパからお茶に誘われました。バイオリンをさげていましたから、オーケストラのメンバーだなと思いました。オーケストラの人とお茶を飲んだとかいう話を友達からよく聞いていたので、私も一回ぐらいいいかしらって思ったのです。それがどんな大変なことになるか、私の一生まで変えてしまうことになろうとは夢にも思わずに、のこのことついて行ったのです。

連れて行かれたのは、そのころパパが住んでいた日本で最初の最新式のアパート『乃木坂倶楽部』の、一階の喫茶室でした。

お茶を飲みながら話しているうち、「ちょっと僕の部屋に行ってみない？　すぐこの上だから」といいます。

バカな私は、この建物はみんな彼のものなのかしら、ずいぶん大きな家を持っている人なのだなあと思い、断るのも悪いような気がして、二階の彼の部屋についていきました。

案内されたのは、コンクリートの六畳ぐらいの部屋で、ベッドと机とソファが一つずつあるだけでした。

ソファに腰かけると、机の上にきれいな女の人が猫を抱いて籐椅子に腰かけている写真が飾ってあって、その前に小さなコップに水を入れて供えてあります。

19 歳ごろのパパ。
〝日本のハイフェッツ″と
呼ばれていました。

徹子 21 日目。
母乳はあふれるほど。新しい生
命は私の世界観を変えました。

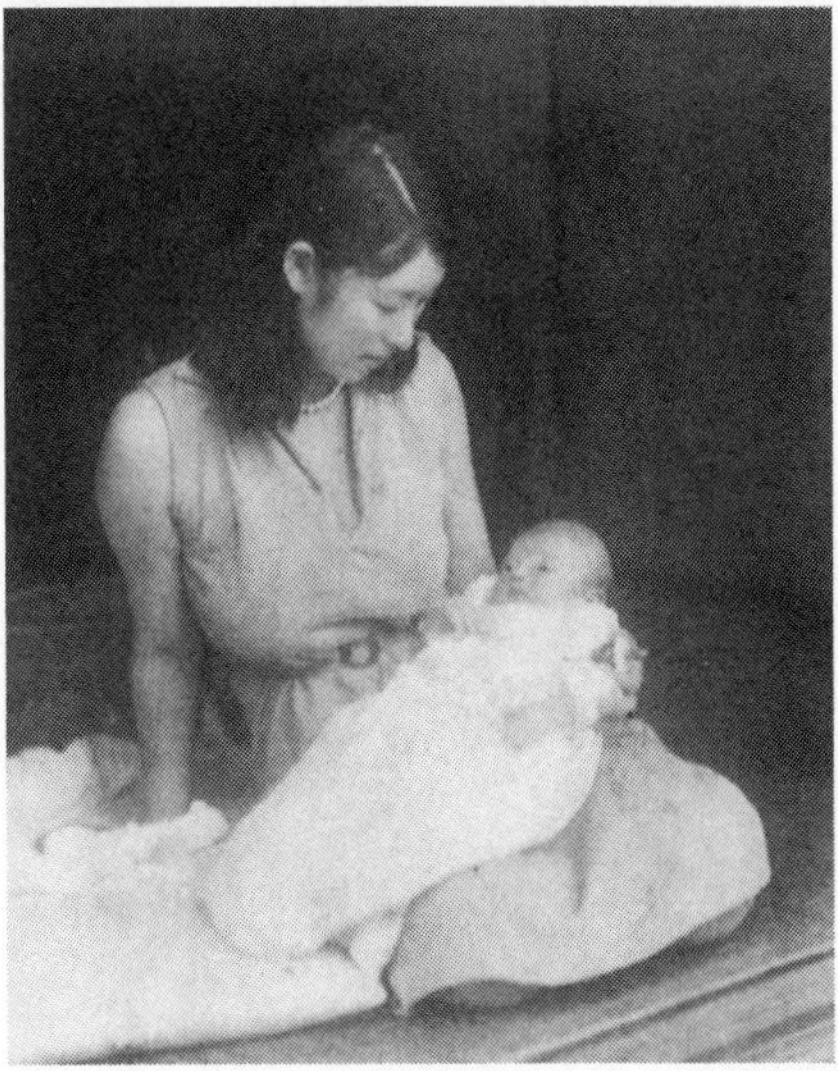

彼はアルバムなどを見せてくれましたが、話もはずまず、私は落ち着かないまま、

「もう帰ります」

といいました。すると彼は、

「何時かなあ？」

といって、ちょっと時計を見て、

「あっ、もう電車なんてないよ。泊まっていかなきゃだめだよ」

というのです。

私には思いもかけないことでした。帰らなかったら伯母に叱られる――そのころ私は伯父の家に世話になっていました。体がガタガタふるえる思いでした。

麴町の伯父の家から雑司が谷の音楽学校へ行く道、先に上京していた兄が銀座に連れて行ってくれたこと、友人たちと新宿のデパートへ行ったことぐらいしか、東京を知りませんでした。ここが何というところで、伯父の家からどのくらい離れているのかもわかりません。今のように自由にタクシーを使える時代でもありませんでした。

ああ、私は人さらいにさらわれたのだと思いました。小さいころ、若い娘が人さらいにさらわれたとか、人買いに売られるという話を聞いたことを思い出しました。

よく知らない男の人についてきてしまって、私はなんてバカなのだろう。このまま

私がいなくなったら母さんがどんなに悲しむだろうと思うと、もう私は悲しさでいっぱいになり、涙があふれてきました。

今考えてみれば、オペラがはねたのがすでに十時近く。それからタクシーで来てお茶など飲み、おまけに部屋にまでのこのことついていって、帰りの電車がなくなるなんてことを考えもしなかったなんて……。自分の娘がもしこんなことをしたら、「あなたはなんて思慮が足りないの」と叱ると思います。

そのうえ、さらにおバカさんだったのは、電車がないといわれて、もう帰れない、絶体絶命だと思いこんでしまったことです。

ああ、男の人の部屋に無断で泊まってしまった、なんていい訳したらいいのだろう。私はもう伯母が怖くて帰ることができません。それだけの理由で、もちろんそう思うように彼にも強く説得されて、とうとう家出同然のような同棲生活になってしまいました。ですから、もうほんとに略奪結婚なのです。

そのころパパは、近衛秀麿さんと一時分裂した山田先生の小人数のオーケストラにいましたから、月給なんてもらっていないのです。生活のこととか、私が音楽学校に在学中であることなど、二人ともあまり深刻に考えなかったのですね。

パパの伯父さんが、北海道まで、私をお嫁さんにもらえるように頼みに行ってくれましたが、もちろん北海道の父は烈火のごとく怒り、私たちの結婚を許してはくれませんでした。

母は父に叱られながらもいろいろ気を使ってくれたのですが話はすすまず、結局、徹子が生まれるまで許してはもらえませんでした。

アパートの人たちは、みんな一階の食堂で、食券で食事をします。日が経つうち、私も諦めというか決心のようなものがついてきて、喫茶室や食堂にも下りていけるようになりました。

アパートにはいろいろな人が住んでいました。インド人で、シイナさんというとても日本語の上手な人がいて、食堂で会うといつも面白い話をしてくれました。

一階上には、佐伯祐三未亡人の佐伯米子さんがいらして、私はよくアトリエに遊びに行き、モデルになったりしました。

思った以上にたやすく私を略奪することができたパパは、留守中に逃げ出されないように、出かける時は部屋にキイをかけて出かけました。レコード会社やオーケストラの仕事に行く時は、いつでも一緒で、

「奥さんにも月給を出さなくちゃね」

といわれたぐらいでした。やがて私は徹子を妊娠し、お腹が目立つようになってき

ましたが、それでもパパは私をどこへでも連れて行きました。ずいぶんみっともない話ですね。

燕尾服持って質屋さん通い

子どもが生まれるとアパートは出なければならないので、私たちは近くに小さな一軒家を借りて引っ越しました。

こんな出発ですから、お金はいつもありません。ある時、私はパパに、

「お金もお米もなくなっちゃったけど、どうしましょう」

と、一大決心で話したことがあります。

パパからは、なんのためらいもなく、

「じゃあ、食わなきゃいいじゃないか」

という答えが返ってきたのです。その時私は、

「ああ、この人にはバイオリンの演奏だけをしてもらえばいい、二度とお金のことでわずらわしい思いをさせないことにしよう」

と決心したのでした。

しかし、さてどうやってお金をつくればいいのでしょう、まるで世間知らずなのです。いろいろ考えた末、質屋さんに行くことにしました。

初めはよかったのですが、そのうち質草もなくなってしまいました。思いつくのはパパの演奏会用の燕尾服だけ。演奏会がすむと、次の演奏会の予定を聞き、間が十日から二週間もあれば、質屋さんに持っていくというわけ。演奏会の予定をしきりに気にするものですから、パパが不思議がって、

「どうして」

と聞きます。

「洗濯屋さんに出さなきゃね」

といいつくろうのでした。

燕尾服で一円五十銭貸してくれました。それだけあれば、お米も十キロぐらいは買えたと思います。五つぐらいだった徹子の手をひき、赤ん坊の明ちゃん（長男・明児）をおんぶして質屋さんののれんをくぐると、横に長い板のカウンターがあって、そこに持ってきた品物を広げ、交渉をするわけです。徹子は中をのぞきたくて一生懸命に背のびをするのですが、台が高くてのぞけません。

私は一円五十銭をそっと渡してもらうと、いそいそと子どもの手をひいて外に出ます。徹子が不思議そうに、

「さっき行ったのは、なに屋さん？」

と聞くので、私は、

「洗濯屋さんよ」

と答えました。

「洗濯屋さんに行くとお金がもらえるのね」

と彼女はいつもニコニコでした。私も同じで、帰りには小さな皿盛りのミカンやお魚を買って帰るのです。私はそれで充分に幸せなのでした。

近くに北海道から一緒に上京してきた米《よね》ちゃんがいました。彼女は実践女学校の英文科に通いながら、岡田三郎助先生に絵を習っていました。何かにつけ助け合い、なぐさめ合ったものです。

どこかとんちんかんな点では二人とも横綱級です。こんなことがありました。彼女が、とても良い映画をやっているから見に行こうと誘うのです。

「なんという映画なの」

と聞くと、

「ホルモン物語」

と答えるのです。

「ほらほら、海か湖でゴンドラに乗って……、ロマンチックな映画よ。歌もあるじゃない」

よく聞いてみると「ホフマン物語」でした。ピューリタンがピュータリンになったりですが、二人でだれに気を使うわけでもなく、軽蔑されるでもなく、楽しい毎日でした。

その彼女も結婚し、男の子が生まれました。天気のいい日には、それぞれ子どもをおんぶして、「田園調布の昼の音楽会よ」といって出かけます。

おむすびやおやつを持ったり、パンを買ったりして、ピアノの音が聞こえる家のそばの空き地に子どもを下ろし、持参のおやつを広げるのです。子どもたちは喜んで跳び回り、私たちはピアノの練習曲に耳を傾けながら、おしゃべりをするのです。

演奏はその時によって、バイオリンだったり、美しいテナーだったり、さまざま。

ずいぶんいろいろな音を探しては、音楽会を開いたものです。

そのころ私の住んでいた家といえば、一階が二部屋に台所、それに二階が一部屋くらいのこぢんまりしたものでした。田園調布には素晴らしい家々が並んでいます。私

と米ちゃんは、それぞれに好みの家を指さして、

「私、あの白い洋館に決めたわ」

「私はこっちがいいわ。あの部屋が私たちの寝室で、あの窓は子ども部屋……」

などとその生活を思い描き、語り合うのでした。それで充分満足でした。

帰り際になると、

「あんな大きな家は経費がかさむし、掃除だって大変、やっぱりお返しすることにしましょう」

とうなずきあうと、さばさばした気分で小さなわが家へ戻るのでした。大きなハナミズキのある家があって、毎年花の時期になるとお花見に出かけたものでした。

米ちゃんは二十年も前に心臓麻痺で亡くなり、私は楽しい友人をなくしてしまいました。

パパと私は相変わらずお金持ちにもならず、それほどお金に困るわけでもなく、過ごしました。

金婚式パーティー

私たちが結婚して五十年目、パパの誕生日の六月二十日、子どもたちみんなが金婚式のお祝いをしてくれるというのです。パパが亡くなる三年前のことでした。会場はわが家で、いつもするパーティー形式でするのがいいということになりました。

私は何か気恥ずかしくて、

「そんなことやめて、あした別れるかもしれないんだから」

というと、

「そんなら、なおのことやらなきゃ」

などとひやかされ、パパも、

「てれちゃうなァ」

といろいろ申し訳やら、もったいをつけています。

あまり喜ぶのも恥ずかしいような気もしたりしているうちに、とにかく、なんとなく準備は進められました。

当日のお料理の受け持ちはもちろん私です。みんなの好みを思い浮かべ、あれこれ献立を考えるのは本当に楽しいことでした。また子どもたちは孫を連れてきますから、それもとても楽しいことの一つです。けれども、仕事のやりくりをつけて集まってくれる子どもたちは大変だろうと思いました。

私は、自分がこんな計画をたてて両親を喜ばせることなど思いもつかず、ただ甘えてばかりいたことを、とても申し訳なく残念に思い出していました。

私の両親は、子どもたちに特別に何かを買ってくれたとか、どこかへ連れて行ってくれたとかいうことはなかったけれど、あの北海道の雄大な自然のなかで思う存分遊ばせてくれました。私はそこでどんなに楽しい少女時代を送ったことでしょう。

そして今、子どもたちがこのうえない贈り物をしてくれるというのです。

さて、パーティーの用意です。白いシーツをテーブルにかけ、大きなツボに大好きな花を飾って……。こういう時は、花ならなんでもいいというわけにはゆきません。気に入らない花は飾りたくない性分です。それで、子どもたちには「お花はいただいたのがあるから、持ってこないで」と連絡しました。

私もパパも、一張羅に着替えてテーブルにつきました。

「オメデトーゴザイマス」

「オメデトーゴザイマス」

「ドーモアリガトーゴザイマス」
と、みんなニコニコして、世界中の幸せをここに集めたという感じでした。

ご馳走の前に、徹子が代表してお祝いをいってくれました。セリフの中で生きている女優だからさすがうまいことをいうと思い、私はこれ以上の賛辞はないと涙が出ました。

私たちのパパとママに。

パパのお誕生日と金婚式、オメデトウゴザイマス。いろいろあるけれど、やっぱり素晴らしい。こんな人生を私たちに見せてくださったことに、心からありがとうとお礼をいいます。またいつか生まれてくることがあれば、パパとママの子どもになりたいと思います。これからも私たち、それから孫も含めて、みんなのためにもうんと長生きしてください。お願いします。

兄妹みんなの気持ちです。愛をこめて、金婚式の年数にちなみ、五十万円を贈ります。目録をお受け取りください。現金は後ほど、みんなのを集めて銀行に振り込みます。このお金は、お二人の楽しみのために必ずお使いください。ママにいいます。またいつか困った時のためになんて、しまいこまないでください。

私たちは食べるには困らなかったけれど、一度にこんな大金をいただいたことはありませんでした。その瞬間、私ははしたなく、

「ヒヤッ！　五十万円、うれしい！」

なんていってしまい、みんなで大笑いしました。

次にパパが、

「僕からもご挨拶をしなきゃ」

といって立ち上がりました。パパが人の前に立つのは、バイオリンを弾く時だけです。私はハッとして、上手にできるかしら、と心配しました。

パパは、こんな挨拶をしました。

今日は私たちのために、このような立派な会を開いてくれて、どうもありがとう。

本当にどうもありがとう。徹子を始め、みんなをこんなに立派に育ててくれたのは、ここにいるママです。私は自分の好きなバイオリンを弾いているだけでした。不幸な、でも大勢の人が目覚めることのできた戦争の最中も、あの戦後の大変なときも、ママのおかげで乗り切ってこられ、今日が迎えられたのです。

天国に行った明ちゃんも皆、本当に優しい良い子に育ってくれました。私は本当に運のいい幸せ者です。身にあまるこの素晴らしいくわだてを、心から神に感謝して、皆の末長い幸を祈りながら、お礼の挨拶とします。

みんなは立ち上がって、パチパチと手をたたきました。私は日ごろ無口であまりしゃべらないパパの挨拶の上手なのに感激して、

「パパ、ステキ、ステキ」

といいながら、精いっぱいたたいている手をパパの顔のそばまで持っていって、見て見て、というふうにいつまでも拍手を送り続けました。

小さい子どもたちが待ちくたびれているようすなので、

「ゴメンネ、ゴメンネ、さあ、いただきましょう。ママがつくった五年もののオールドの梅酒よ」

といいながら、乾杯をしました。

私はこの五十年を、長かったとも短かったとも思いませんでしたし、幸せだったとも不幸だったとも思いませんでした。私なりに、泣いたり笑ったり、憤慨したりあきらめたり、子どもを連れて家出したり、子どもが一人の時、なぜ離婚しなかったのだ

ろう、せめて母子二人だったらまだなんとかなったのに、などと思いながら、今日まできたのです。子どもはとうとう五人も産んでしまいました。長男の明児を失った時は、この子を失うぐらいなら私の命もいらないと、泣いて祈りましたっけ。

パパにあんなにほめてもらう資格なんてありゃしない、と自分にいい聞かせました。じゃ、これでおしまいという時に、私は、

「ママからもお礼をいわせて」

と立ち上がりました。

思いがけなく素晴らしい計画をありがとう。本当にうれしかった。パパはママのことをあんなにほめてくださったけれど、あなたがたはパパのこともママのことも、いちばんよく見てきたと思います。

どうぞみんなで力を合わせて、子供に怪我をさせたり病気にさせたりしないで、祈りながら生きていってください。

私たちはあなたがたにあげるものはなんにもないけれど、これからの生涯を迷惑をかけないでなるべく喧嘩もしないようにして生きていきます。あなたがたの幸せを祈りつづけて生きていきます。

涙と笑いでパーティーは終わりました。お金では買えない、最高にありがたい一日でした。

この年の秋、あの五十万円に、少しためてあったお金を足して、二人でアメリカ西海岸の旅に出ました。

そして、ロサンゼルスのオールドタウンのクラシック・フォト専門の写真屋さんで、結婚式の衣装で写真を写してもらいました。この店の貸衣装は全部後ろが開いていて、どんな体型の人でも着られるようになっているのです。それは、私の父が、

「音楽なんかやっている男はろくなものでない」

といってとうとう結婚を許してくれなかったために、式をあげなかった私たちの記念でした。五十年前に、もしかしたら写したであろう、二人の赤茶けて古ぼけた素敵な写真ができあがりました。

結婚にあんなに反対した父も、子どもができてからはもう孫にメロメロで、若い時に狂ったように私を叱ったことなど、想像もできませんでしたけれど。

終わりよければみんなよし、ということなのでしょうか。

〝夫婦喧嘩ノート〟をつける

「夫婦喧嘩は犬も食わない」といいますが、「まんじゅうよりうまい」というのもあると聞きました。私たちのそれは、どんな味だったのでしょう。とにかく、よく喧嘩したものです。口喧嘩の時もあれば、物が飛び交うこともありました。パパはどなり、私は泣きながら負けずに口答えをしました。

なにしろ略奪結婚まがいの結びつきですから、私のほうには、この結婚を大切にしなければとか、これから二人で力を合わせて家庭を築いていくのだといった覚悟がまるでないわけです。パパだって、私を恋女房と思っていても、およそ実生活にはうとい人なんですから。うれしければ跳び上がって喜び、腹が立てばどなりまくるといった感情家なのです。

私は〝夫婦喧嘩ノート〟を用意していて、喧嘩をするたびに、何月何日、原因何々、と書き込んでおいたものです。大火事、ぼや、あわや、と三段階に分けて記入するのです。つまり、喧嘩の程度を記録したわけです。

原因はといえば、お金のことや物質的なことはあまりありませんでした。なにしろお金がなくてお米が買えなくても、食わなきゃいいという相手ですから、やりくりいっさい、私の責任になります。私はなんとか工面してパパの前ではお金もお米も無尽蔵にあるような顔をしていました。

子どものこと、これも勝手なもので、子どもがいい子の時は自分に似ているといい、悪い時はすべて私の責任。ですから、大方「ぼや」ていどですんでしまいます。

やっぱりいちばん数多く原因になったのは、パパは若くて、私に具体的な愛情のつながりを求めているのに、私は子どもの世話で疲れすぎているために、パパに協力的じゃない、ということだったようです。

そんなときは二人の気分にずれがありますから、直接の原因はどうであれ、ちょっとしたきっかけで、晴れ間がたちまち黒い雲におおわれ、大嵐となるのです。私を傷つけないようにというような思いやりなど、あったものではありません。

ある時、二人で外国映画を見に行きました。奥さんが浮気をする話で、夜中にそっとベッドを抜け出して召し使いのところに忍んでいくのです。とても魅力的な男優さんが、その役を演じていました。

でも、この映画を見たのは失敗でした。わが家の主人は、どこの奥さんも映画のな

かのように浮気をするものだと思い込んでしまったのです。そうして、

「あんな男がいいのかなあ」

と私にいいます。

「いいんじゃない」

と答えたのが災難のもと。

「いいんなら行けよ」

というが早いか、私をつまみ出し、暗い映画館の中で銀幕《スクリーン》のほうに押し出しながら、

「好きなら行けばいいじゃないか」

とどなるのです。

「行けっていったって、映画のなかの人じゃないの！」

といい返しましたが、周りの人からは、「シーッ」と注意されるし、もうほんとに、せっかくのいい気分は吹っとんでしまって、一人でさっさと帰ってしまいました。

あとから帰ってきたパパは、

「ゴメンヨ」

と謝ります。私は、

「ゴメンヨですんだら警察いらずよ」

とプンプンおこり、でも腹の虫はおさまらず、またまた喧嘩をむし返すのでした。

右隣の作家の犬が夜中にキャンキャンと鳴くのです。家に入れてもらいたいらしいのですけれど、家の人はなかなか犬を叱らないのです。幸四郎という中型犬でしたが、パパは、うるさくて眠れないとくやしがります。幸四郎、幸四郎と可愛がる声も癪のたね。

「何が幸四郎だ、うるさいだけでちっとも可愛くなんてありゃしない」

犬の吠えるのは仕方がないのに、

「眠れなくなったから、眠くして返せ」

というのです。子守歌でも歌って、ねんねころりよと寝かしつけるには、あんまり憎たらしいし。

また犬が吠えます。パパはそばにあった水のない金魚鉢の中から小石をつかんで、二階の窓から、幸四郎めがけて投げつけます。

つかんでは投げ、つかんでは投げ！

小石が下の物置のトタン屋根にぶつかってはじけ、バラバラバラバラバラとはでに音を立てます。犬の鳴き声よりそのほうがよっぽどうるさいのです。

「豆まきじゃあるまいし、やめてよ」

といえば、

「そんなら、あの家に行って犬をだまらしてこい」

とどなります。おまけに左隣の家にもテリヤのうるさい犬がいて、よく吠えるのです。

パパは、もちろんこっちの犬にも、

「うるさい」

とどなって、灰皿やお皿を手あたりしだい隣の庭に投げ入れます。

朝になると、テリヤの家の奥さんが、

「これは壊れたので捨てますよ。この灰皿は無事でした」

とていねいに挨拶に来てくださるのです。静かないい方で、

「芸術家って、大変なんですね」

といって慰めてくださるけれど、こんな慰めはうれしいより情けなくなってしまいます。

「パパも昼間はバイオリンを弾いているんだから、犬が吠えるといって怒れないわよ」

というと、

「僕のバイオリンは商売で生活がかかっているんだ。夜はみんな寝るんだから、犬がうるさくすれば文句をいうのは当然だ！」

なんだか納得のいくような気もしますけど、やっぱり勝手な話ですよね。

パパは、どなりまくった次の日にはいつでも、ちょうど嵐の去った美しい朝のように、

「僕はママを奥さんにすることができて、本当に幸福だ。ママさえいれば、僕はもう何もいらないよ。幸せいっぱいだ」

というのでした。

そういわれると、もうこの人には絶対ついていけない、今度こそ子どもを連れて出ていこうと思っていた私も、「私も心からパパを愛してみたい」と思いなおし、でも、次の日はまた絶望的な嵐が吹きまくるのでした。

やさしさと激しさを極端に持っているのですね。まさに天才と何とかは紙一重という感じでした。音楽家としてはあるいは大切な部分であるかもしれませんが、予期できない振幅に付き合わされる私は、たまったものではありませんでした。

私の病気も仲違いの原因に

よく喧嘩をしたのは、二人とも幼いところがあり、そのくせ、ともに自己主張が強かったからでしょう。

何十年ぶりかで会う昔の友達に、

「おふたりともちっとも変わりませんね」

といわれたものです。

これも、お互い相手に合わせて自分を変えて生活していこうなんて、あまり思わなかったからで、バイオリニストとしてのパパを尊敬していても、自分の主張は曲げようとしない私に、パパはずいぶんはがゆい思いをしたことでしょう。

いつも、こんど喧嘩したら別れようと思っていました。子どもが二人になったら、なぜ一人の時に別れなかったのかと後悔し、三人になったら、なぜ二人のうちに別れなかったのかと残念がり、

「もうイヤだからね、もうヤメるからね」

としょっちゅうパパを脅かしていました。そのくせ、喧嘩のことはすぐケロリと忘

れて、家族でスキーに出かけたりしているんですから、私もほんとにたわいがなかったんですね。

　戦争が終わった時、出征して中国にいたパパは、そのままシベリアに抑留されたのですが、運よく生きて帰れた幸せを、いつもこう話していました。

酷寒と栄養失調で、仲間の方たちがバタバタ亡くなるなかで、胸も薄く、左右の肋骨も曲がっていたパパは、

〈こんなところで死んでたまるか、あの楽しく恋しい家庭に帰らずに死ねるもんか〉

とどんなつらいことも耐えてきたといいます。上官にブン殴られるたびに、

〈僕がママにつらく当たった仕返しを受けているんだ〉

と受け止め、我慢と反省を続けてきたのだそうです。だから、復員してからは喧嘩しても私に手をあげたことは一度もありませんでした。

　思いがけないことが、夫婦仲違いの原因になっていることもありました。

　今から四、五年前のことです。私は顔色も悪く、元気のない毎日でした。そしてついに便に血液が混じるようになりました。診察してもらいますと、腸にポリープが三つもできており、子宮筋腫、卵巣嚢腫《のうしゅ》も発見されて、入院手術ということになりました。それらの病気は、十数年も前から私の中に潜み、少しずつ進行していたのです。

私の体はすっかり痛み、傷ついていたのでした。もう長いこと、私は妻としての役割がいやでいやでたまりませんでした。体中鳥肌が立つほどで、まるで男性恐怖症なのです。この異常な恐怖の原因が、いま解けたような気がしました。

夜、私の部屋にパパが入ってくると「ヤメテー」とすごい顔で追い返します。パパはすっかり嫌われたと思いこみ、こちらもすごい顔。

トイレに行くには、パパの部屋の前を通らなければなりません。私は夜そこを通るのがとてもいやでした。パパが自分の部屋の戸を開けて私の帰りを待っていて、力ずくで部屋に引き入れるからです。そして有無をいわさずといった感じで、お相手をすることになります。パパが一人で使っているダブルベッドが恨めしく、妻に対しても強姦《ごうかん》罪があればいいのに、と本気で考えたものでした。そしたらさっそく一一〇番を呼んで警察に訴えてやるのに、と。

私はついに部屋に腰かけ式の便器を持ち込んで、用をすませることにしました。おかしな話ですけれど、私は真剣なのでした。私は部屋でそっと息をころし、パパの部屋から野球や相撲を見て歓声をあげているようすが伝わると、ホーッとするありさま。そのころになると、パパはすっかり憂鬱そうになり、あまり話もせず、毎日恐ろしい顔をしていました。バイオリンも弾かなくなりました。

夫婦は体の結びつきを抜きにしてはやってゆけないものなのかしら。男性は母親の懐がいつまでも恋しいものでしょうか。

私は、こんなことぐらいで恨みがましく傷つき、苦しんでいるパパを哀しく思うのでした。何年連れ添った夫婦でも、子どもが何人いても、常に体の繋がりを持たないと信じ合えないものなのかと、そのもろさを情けなく思い、私もまたしょんぼりするのでした。

そんな時に、いきなり私の体の不調、便への出血があったのです。悪性の腫瘍《しゅよう》だったりしたら、生きる日数に限りがあるかもしれません。家の中の小さないさかいごとはどこかに消えてしまい、毎日の恨みつらみも風船玉のように飛んでいってしまいました。

幸い、私の病気は手術後すっかり回復したのでしたが……。

パパが亡くなり、火葬場でお骨になってしまった時、パパがうとましくてうとましくてたまらなかった日々を思い出していました。そして、復員してくるのを今日か明日かと待ちわびた日のことも思い出しました。今、なにもかも消えてしまって、カサカサと白く美しいお骨になったパパには、いとおしい思いだけが残るのです。

子どもたちをお風呂に入れるのが好きだったパパ、愛情深く、いつも家族に何かしてあげたくて、喜ばせたくて、それが上手に表現できなくていらだっていたパパ、そんな不器用なパパの姿が思い出されます。

「妻たる者よ、夫に仕えなさい。それが主にある者にふさわしいことである」

そんな聖書の言葉が浮かびます。また、作家の三浦綾子さんは、「聖書は、夫の欠点を直してから仕えなさいとは教えていません」と書いていらっしゃいました。

私たちの夫婦喧嘩は、まんじゅうよりうまかったかもしれないけど、少しばかり塩味のききすぎたおまんじゅうを食べていたのかもしれないと、今は胸が痛むのです。

母の日になりました。

徹子からきれいなカードが届きました。

ママへ

残念だけど、こんなに早くパパのいない「母の日」が来てしまいました。金婚式までたどりつかない夫婦が多いこの世の中で、ほんとうにあれ（金婚式のパーティー）はよかったと思うけれど、ママがこれから寂しくなく生きていけるように祈っています

五月七日夜　徹子

巡ってきた主役の座

少女のころ、私は大きなお城に住んで、美しい衣装をきているお姫さまになりたいと思っていました。それが私の夢でした。女の子は一度はそんな夢を描くものです。ロミオとジュリエット、白雪姫やハムレット、そしてトスカや椿姫、それらの物語を読んでいるうちに、私はいつのまにかその中の作中人物になってしまい、いろいろと想像をめぐらしては楽しんだものでした。

さて、現実に私の引き受けた役割といえば、声楽家になるつもりで音楽学校に入ったものの、声楽家ならぬバイオリニストのおかみさん役でした。それをえんえんと五十三年間も演じ、七十三歳になって突然その役柄から降りたのです。

パパの四十九日にあたる日の夕方でした。子どもたちや友達が集まってのささやかな追悼式も終わり、私の親しい友人数人がせわしなく台所で立ち働いていてくれていました。

私は台所の隅の粗末な椅子に腰かけて、「どうも、お世話さまねェ」などとどこか気の抜けた調子の声で話しかけていました。

「朝子さん、今度はあなたの出番よ」

突然、友達の一人がそう声をかけたのです。

「長い間、黒柳さんのお世話ご苦労さまでしたね。これからは誰に気を使うこともないんだから、ご自分のために楽しく生きる道を探して頑張ってね」

友人はそういいました。

突然まわってきた主役の座ということでしょうか。

はてさて、私にどんな役ができるのでしょう。

幕が上がって、私は舞台の中央に押し出されます。何かセリフがいえるでしょうか。それとも身振りでパントマイムを演ずるのでしょうか。歌を歌うほどの力もなく、これという演技もできない私は、こうしかいえないかもしれません。

「せっかく皆さまにお集まりいただいたのに、パパが死んでしまって、バイオリンをお聞かせできなくなりました。長い間皆さまにごひいきにしていただいて、ほんとうにありがとうございました。心からパパの分とあわせてお礼を申し上げます。おわり」

そういって私は舞台の袖に引っ込むことになるでしょう。

長い間パパのバイプレイヤーだった私が、突然まわってきた主役の座をこなすには、しばらくの時間が必要でした。

パパの死から半年ほど過ぎて、私はぼつぼつ自分を取りもどしはじめました。それはやっと私自身で好きな役を選べるんだもの、楽しく自由に歩みましょう。それはとても短い間かもしれないけれど……。それに遺産が一銭もあるわけでなし、自由業のパパは厚生年金もいただけません。でも、生きていくにはお金が必要です。

そう思って自分を振り返ってみると、そのための役に立つものは何一つないことに気がつきました。しかたがありません。私が長い間培った生活の知恵と、持ち前のチャレンジ精神、そして何よりも健康であること、それらを頼りにして、私の「いざ、生きめやも」なのです。

そのころ、ロサンゼルスにお住まいの北野先生が、パパのためにメモリアル・コンサートを開いてくださるというので、パパの古くからの友人である小林武士さんにも同道していただいて、アメリカへ行くことにしました。

メモリアル・コンサートは素敵でした。北野先生のお宅の大広間に、百五十人ぐらいの方々が集まってくださり、その華やかさで私を戸惑わせてくださいました。

北野先生は脳外科の名医ですが、フルートの腕前もプロ級です。北野先生はフルートを、奥さまは歌曲を、小林武士さんはパパが好きだったバイオリンの小品のいくつかを、ほかの方々もそれは美しいソロやら合奏やらを、心をこめて弾いてくださいました。そして、いろいろとパパの思い出を語って讃えてくださったのでした。私は皆さまの温かなお心がありがたく、パパもそのへんで、照れくさそうな顔で、皆さまに感謝しているような気がしました。

会の最後に、私にも何か話すようにいわれ、次のようなお礼の挨拶をしました。

「今日はこんな素晴らしい演奏会を開いていただいて、ほんとうにありがとうございます。黒柳もどんなにか感謝していることでしょう。昨年のちょうど今ごろ、ここで黒柳のために誕生パーティーを開いていただきましたのに、一年後の今日は、追悼演奏会を開いていただくめぐり合わせとなりました。昨年は彼が感謝の気持ちを満面にたたえて私の傍におりましたのに今日はおりません。そのことを思いますと、この世は仮の住まい、人は皆旅人なのだといわれた先人の言葉が一層身に深く感じられます。私もこれから残された歳月の旅を一日一日、大切にしていきたいと思います。どうぞよろしくお願いいたします」

この時、私は生まれて初めて、大勢の人の前で話をしたのです。でもちっともあがりませんでした。

そして、ロスにいるあいだに、ニューヨークの友人からたびたび電話があり、

「ニューヨークにぜひぜひ寄っていってくださらない？　教会や婦人会で話をしてほしいの」

といわれました。パパの四十九日に励ましてくれた友人の言葉もふと思い出し、ニューヨークへ足を延ばすことにしたのです。

これが、以後毎年続くことになった私の外国巡礼という役回りのスタートとなり、いわば主役への第一歩となったのですから、神さまのプログラムは私たちには予測もできないものなのですね。

私はさくらんぼうが大好きなので、出かけるのは毎年さくらんぼうのおいしくなるころ、ちょうど七夕の時期なので、私のこの旅を朝日新聞が〝七夕巡礼〟という素敵な言葉で紹介してくださいました。

少女のころ夢見たお城にも住めなかったし、お姫さまにもなれなかったけれど、今住んでいる場所でも、旅先でも、自分の役を自分で演じている、これが私のお城でお姫さまになったことなのでしょうと、納得しているのです。

アメリカ、カナダ一人旅

ニューヨークでアパートを借りる

ニューヨークの街の灯が見えてきました。

リンドバーグは、「あれがパリの灯だ」と叫んだそうですが、私もあやうく声をあげるところでした。目もくらむような、まばゆい、広い広い光の海。七十三歳。一人旅。とうとうニューヨークまで来たのです。

「ほら、私、ここまで来たのよ。今、ニューヨークの光の中にいるのよ」と、誰彼となく話しかけたいぐらいの気分でした。

ニューヨークでは、多くの友人や親戚に温かく迎えていただいて、とてもお世話になりました。

この大都会のなかで、右も左もわからないうえに、片ことの英語しか話せない私が、旅行社のおしきせではなく、私自身の楽しい買い物や見物を堪能できたのも、多くの個性的な友人に恵まれているからなのです。

教会や婦人会で、初めての講演をしました。

もともと好奇心が強く、なんでも面白く感じてしまう私は、ちっともあがらないのです。この調子なら大丈夫と思うのか、友人たちは、

「昨日のお話は、とても面白かったと評判なのよ。明日はぜひ、日本人学校でも話してくださらない？」

と、つぎつぎと日を決めたあとで、私に承諾を求めるのです。

こんなふうにして、ニューヨークで四回、フィラデルフィアで二回もお話をすることになり、それをご縁に島田牧師はじめ素晴らしい人生の達人の方々とお目にかかることができたのでした。

さて、ニューヨークの空港に着いた時のわき立つような興奮も少しずつ落ち着き、珍しい買い物や見物も一段落すると、ふーっと「自分の食べたいものを自分で作って食べたい、いつでも好きな時間に日本茶を飲みたいな」、そんな気分になってきました。それに何よりも、自由に電話を使いたいということもあります。予定の日程は過ぎましたけれども、ニューヨークの町はとても魅力的で、少々ホームシックになっても、今すぐ日本に帰ろうという気持ちにはなりません。

そこで、「アパートを借りて住んでみたいんだけど」と、おそるおそる友人に話してみました。

ある友人は「それはとてもよい考えだと思うわ」といい、別の友人は「ニューヨークはうわべは華やかだけれど、とても怖いところがあるのよ、心配だわ」と気遣ってくれます。

結局、友人たちの監督のもとにアパートのひとり住まいをしたらどうか、ということになり、さっそくアパートを探してきてくれました。

台所と食堂、それに二つの大きなベッドルームがあり、私には充分すぎるほどのものです。家具、調度品は備えつけてあり、寝具、食器、ナベカマはみんなが貸してくださいました。

私は、それこそルンルン気分でした。

歩いてすぐのところにスーパーマーケットがあるのも便利でした。マーケットが全部、自分のものになったようにうれしくなりました。お友達を呼んで、自慢の日本食を作り、パーティーをしましょう。なんて素敵なんでしょう。

かりそめとはいえ、私は旅人ではなく、れっきとした大ニューヨークの住人になったのです。日本から友達を呼んであげたいくらいです。

ひとり暮らしが始まりました。

いつかこんな夢を持ったことがありましたっけ。夫からも子どもからも、解放されて、私だけの自由な日々をのびのびと過ごしてみたいと。それが現実となって、今私はそのなかにどっぷりと浸っている。それもニューヨークで……。

友達をお呼びしてご馳走をしました。あちこちの友人と電話のおしゃべりも楽しみました。お茶もいつでもいただけます。ひとりの時間も満喫しています。そんな時、鎌倉で私たちが過ごした何十年間の思い出のつまっている家が思い出されました。今ごろ庭に咲いているだろう花のこと。裏山の風のざわめき。子どもたちのこと、孫たちのこと。犬のコロのこと……。次々と浮かんできます。

私はいったい、何をしているのでしょう。みんなが私を待っていてくれ、温かい愛情のあふれている日本で暮らせばよいものを……。車が不可欠のアメリカで車の運転もできず、ブロークンのチッポケな英語しか話せない私が、何も日本よりはるかに治安の悪いこんなところでひとり住まいの冒険をしなくてもよいのに。スネたようにひとりでいる自分が、ひどくかわいげなく思われてきました。

昼、活発に息づく町を眺め、夜景の華やかさに見とれていると、ひとり暮らしの寂しさに押しつぶされそうになります。ひとりぼっちの自由というのも、決して満たされた幸せではなさそうです。長年憧れていた贅沢とはこんなものか、と泣きたい時もあります。子どもたちは、

「ママの住みたいところに住めばいいじゃない。これからはママの好きなように暮らして」

といってくれるけど、落ち込んでしまう自分を、なんといって慰めたらよいのやら。

白馬の騎士

そんな時、「ニューヨークでかなり名の知られているAさんの個展を見に行きましょう」と、絵をやっている友人が誘ってくれました。異国でひとり住まいを始めた私を気遣ってくれる友人の気持ちがうれしいし、なにより絵は大好きです。大喜びで出かけました。

ニューヨークでは、どこに行くにも川を渡ります。ずいぶん古い大きな橋で、しかも二階建て。その上下の橋を車が切れめなく流れていきます。こんな大きな橋の道路を、その昔によく造ったものだと感心しながら会場に向かいます。

会場には「展覧会の絵」の音楽が流れ、広い庭園といったふうなところに数十点の絵が展示されていました。とても美しい色遣いの、豊かな温かみが伝わってくる絵で、私は好ましい思いで見て回ったのでした。

そろそろ帰ろうとした時、Aさんがいらっしゃいました。友人は私を紹介しましたが、後で、「A氏はあなたより五、六歳年上で、かなり気むずかしくわがままな人なのよ」と付け加えるのでした。

二日ほど過ぎた朝、くだんの友人が電話をかけてきました。

「とても、とても驚くようなことなのよ」とはしゃいだ声を無理におさえて前置きすると、ふーっと一息入れてからいうのには、

「例のAさんが、あなたを食事に招待したいんだって。こんなこと前代未聞なのよ。私たちも一緒に来てもよいということだから楽しみよ」

と、まるで行くと決めてかかっているような口ぶり。私のほうも気ままなひとり住まい、まして前代未聞のご招待とあっては、お受けしないなどもったいない。断る理由などあるものですか。

当日は友人三人とはりきって出かけました。友人は早めに私を迎えに来ると、

「あなたが主役なのよ、きれいにしていかなきゃね、どんな洋服着るの、髪はどうかしら」

と矢継ぎ早に話しかけながら、イソイソと気を使ってくれます。私とて、きれいに

なることに異存のあるはずもなく、鏡の前でちょっと気どってみたりするのでした。

A氏の家は、いつも庭から入るのだそうです。真っ黒なツヤツヤした大きな犬が、五匹の小犬を連れて出迎えてくれました。

広い庭の真ん中にある大きなレモンの木に、黄色い小さな実がたわわに実っています。少し離れて藤色の花をつけているのは、何の木でしょう。

A氏が出てこられて、庭にある分厚い木のテーブルに私たちを案内すると、スキヤキ・パーティーの始まりです。

十五年前に奥さんと別居なさり、今は陶芸をやっている青年が一緒に住んで、お掃除などを手伝っているということでした。評判の気むずかし屋さんと一緒では、さぞかし気骨の折れることだろうと、私は内心、その青年に同情してしまいます。

ご馳走をいただきながら、話ははずみます。ふとA氏は私に、

「どちらのご出身ですか」

と聞きました。

「札幌です」

「……」

一瞬、彼は私をじっと見ました。それから何かを思い出そうとするように、遠くに

視線を泳がせました。周りのみんなも話をやめると、彼がいったい何を思い出そうとしているのだろうかと、彼の口元や視線の行方を見つめるのでした。

少しして、思い出の宝石をそっと小箱から取り出すようなやさしさで、私にこういいました。

「五十年ほどになるでしょうか、僕は君にお会いしましたね？」

「……」

「そう、札幌のデパートで、そこはショーケースの間の狭い通路になっているところでした。右にも左にもすれ違うのがやっとというところでしたよ。あなたも立ち止まって僕の顔を見たはずです。僕が結婚してまもなくのころでしたから、二十四歳ごろだったと思います。あなたはお母さまとご一緒で、そのままどんどん外へ出てしまいました。僕は外まで追いかけましたが……それでオシマイです。僕は買い物を続けましたが、忘れられない強い印象として残りました」

「……」

私はだまったまま、あらためて彼の顔をじっと見て一生懸命に思い出そうとしました。そういえば、そんなこともあったような気もします。しかし、それは本当に私の思い出としてかすかに残っていたものなのか、A氏の話を聞いて幻のように広がった残映なのか、私にもはっきりしません。ただ、なんの屈託もなく過ごしていた袴姿の女学生だったころを思い起こさせてくれたのでした。

みんなも奇跡のような偶然に驚き、面白がりながらも急に言葉少なになり、それぞれ若く輝いていた時代を思い出しているようでした。

二日後のことです。

ステーキをご馳走したいので、夕方お迎えに行きたいけれども、都合はどうだろうか、とA氏から電話がありました。もちろんお受けしました。

約束の時間に、彼は真っ白な車を運転して現れ、私を乗せると、夕暮れのニューヨークの町をステーキハウスへと向かいました。

そのステーキハウスに、彼はなんどか行っているようすでした。それなのに、その日はどうしたことか道に迷ったらしく、道の混雑や信号で車のスピードがゆるくなるたびに、窓から首を出しては、隣り合う車の人にこれから行くステーキハウスへの道順を聞いています。

迷いに迷って、やっと目的のステーキハウスに着いたのは、予約の時間を一時間も過ぎていました。予約は取り消されていて、私たちは席のあくのをしばらく待たなければなりませんでした。

「僕としたことが、まるで狐に化かされたみたいだなあ」

彼は頭をふっては、そんなことを繰り返しいっています。私はただ、にっこりするばかり。こんな時、男の人は格好よく案内したいものなのでしょうにねえ、少しお気の毒な感じ。

やがて、大きなワラジみたいなステーキが、これも山のようなポテトフライを添えて出されました。荒っぽくて、でもたっぷりと豊かで、一瞬、若者になったような気分でしたけれど、今の私には少々、量が多すぎます。五分の一ほどいただくと、残りは箱に入れてもらい、留守番をしている友人たちのお土産にしました。彼女たちはA氏が私を迎えに来た時にちょうど来ており、ステーキハウスご招待の顛末を聞きたくて、私の帰るのを待っているはずなのです。

ニューヨーク旅行の日程も過ぎ、明日はいよいよ日本へ帰るという日、こちらでお世話になった友人たち七、八人を招いてパーティーをしました。A氏もご招待しました。彼は「喜んで」と応じてくれました。

A氏を知っている友人たちは、彼が他人の家に出かけるなんて本当に珍しいことだ、とうれしがって、これを機会に絵を描いている若い人たち数人にも来てもらおうとはりきるのでした。私はいっそう腕をふるって料理を作ることにしました。

なく、十二時過ぎまで続きました。

その夜の宴はとても楽しく、賑やかでした。おしゃべりはとりとめもなく、果てし

みなさんとおわかれの挨拶をして、最後にA氏にさよならをいおうとすると、突然、彼は私にキスをしたのです。顔のどこにだったのか……。

「ヒャー」、いいえ、「キャー」、いいえ、「クワーッ」(もっと違っていたかもしれません)。これはビックリして発した私の声なのです。とにかく私は奇妙な声をあげると、ホッペタを両手で押さえてしゃがみ込んでしまいました。

大げさな反応に、彼のほうが驚いてしまったようでしたが、スマートに私の両手を持ち、ひっぱって立たせると、みんなのいる表につれていってくれました。

白い車のA氏は、片手を振って走り去りましたが、私には白馬に乗って現れた騎士のように見えるのでした。

後になって思い出すと、たかがキスぐらいのことであのあわてよう、私としたことが、なんと恥ずかしい。このことが少し気持ちにひっかかり、とてもいい最後の思い出とはいかないのでした。

何はともあれ、日本では想像もつかない、そして出会うはずもない人たちとの思い出をニューヨークの町で拾って、私は翌日、日本に帰ってきました。

お礼の手紙を出しました。彼からも便りがありました。それをきっかけに、手紙のやりとりが始まりました。もっとも、恋文を書くには二人の情熱の炎は細すぎます。かといって、このまま消してしまうのも心残りです。

そこで、私はこう書いたのでした。

「ラブレターごっこをしましょう」

それから何カ月かして、彼は脳内出血で倒れる不幸に見舞われました。今はニューヨークを離れ、暖かい南の土地で療養生活をしています。

お見舞いに伺いたいと思いましたが、それはしないことにしました。「ごっこ」はやはり「ごっこ」のままのほうがよいと思ったからです。A氏も私も、現実のつらさ、汚さ、せつなさはいやというほど味わい、見聞きしてきた年齢です。今さら浮世の常識とやらにしばられてお互いにつらい部分を見せあわなくともよいではありませんか。偶然拾った人生のちょっとロマンチックな一コマは、そのまま大事にしまっておくことにします。

ここまで書いて考えてみました。夫が亡くなって一年もたたないのに、なんと軽はずみな女、と神さまに叱られはしないかしらん。

「でもパパ、あなたと私の間は数十年の生活の歴史がしっかりと繋いでいます。ちょっとの道草はゆるしてくださいね」

そうつぶやくと、書き終えたこの原稿を持って、パパの写真の前でぴょこんと頭をさげました。

二度目のニューヨーク

翌年、さくらんぼうのおいしくなるころ、私はまたアメリカへ旅立ちました。

前回ニューヨークに着いた時は、林立する高い建物、めくるめく光の海に、西も東も分からないまま、ただただ感激するばかりのおのぼりさんでした。

胸ときめく大都会だったニューヨークも、二度目となれば落ち着いて眺めることができるようになり、少し違って見えてきました。

ハドソン河の水は、青く美しい流れというわけではなく、都会の河の証であるように茶色に濁っているし、これぞニューヨークと見上げた大きく高いビルの群れも、よく見ればけっこう汚れが目立つもの。なにやら恐ろしげな印象の黒人街《ハーレム》も、犯罪の数はともかくとして、どこにでもある貧民街で、それが少し広く、人種の違う人が住んでいるというだけのこと。やたら身構えることもないわけです。

いつも泊めていただくドクター広瀬の家は、ニューヨーク郊外の静かな住宅街にあり、日本庭園もある素敵なお住まいです。

都心から車で三十分も行くと、ほんとにゆったりした美しい住宅街になるのです。

どの家も広い庭には大きなヒマラヤ杉が枝を広げ、緑の芝生の一角には、手入れの行き届いた花壇に季節の花が咲きそろっています。

ちょっとした日本の住宅がすっぽり入りそうな大きなガレージには、必需品である車が二、三台納まっています。

三階建ての家、白いスペイン風の家、レンガ造りのメルヘン風の家……、思い思いに建てられ、しかも美しい調和をみせる外国の街並み、それも生活の息吹の伝わる風景が大好きです。

私は、近くに友達もできたので、パーティーに招かれることがあったりすると、喜んで出かけていって、家を見せてもらいました。掃除がよく行き届いていて、台所などピカピカ。窓だって曇りなく磨かれ、絨緞はふかふか。何よりもいいのは、どこの家にもゲストルームがあること。ほんとうに羨ましくなるような住宅環境です。

でも、こんな便利で快適な生活を維持していくことは、なかなか大変なようです。

収入は日本のサラリーマンよりは大分多いようですが、生活が合理化され、便利になっている分だけやりくりもなかなか、ということらしいのです。家のローン、冷暖房費、車の購入と維持費（たいていは二、三台ある）、各種の保険料、その他あれこれの出費。

日本の主婦がコツコツやりくりして、へそくりするといった程度の努力ではとても及ばないわけで、いきおい家の修理や庭の手入れ、芝刈りなどは、旦那さまの手にかかってくるというものです。

奥さんたちもエネルギッシュです。共働きの人も結構多いのですが、だからといって掃除の手を抜くというわけでもありませんし、ホームマネジメントも上手にこなし、時間を見つけては、お友達を招いてのパーティー、またボランティア活動と、フルに活動しているのですから、そのバイタリティーには感心するばかりでした。

日本の家庭でも、お友達をご夫婦で招いてのパーティー、そう大げさなものでなくてもときどき開いてみてはどうでしょう。若いうちからパーティーを通じての友達が周りにたくさんいれば、年とってからの淋しさを救い合うことができます。私はたくさんの友達に感謝感謝の毎日なのですから。

「花の丘」の紳士

「どこか行ってみたいところあるかしら。鹿のいる別荘でしばらく暮らしてみるのも楽しいものよ。一週間ぐらい原稿でも書いてみたら」

滞在何日目かに、広瀬さんの奥さんのとみ子さんがこうすすめてくださいました。

ときどき野生の鹿が現れるその別荘は、緑に囲まれた牧歌的でとても素晴らしい場所にあります。でも両隣がだいぶ離れていて、オクビョウな私には心細くて一人ではとてもダメです。

「ありがとう、あそこはとても素敵だけれど、ここで充分よ」

翌朝七時半ごろ、住人たちが目覚めていない住宅街を気ままな散歩に出かけました。背すじを伸ばし、ハイ軽やかに！

「なんて素晴らしい朝」……

ミュージカルのナンバーが自然と口をついて出てきます。道端の可愛い草花をちょっと摘んで、髪にさしたい気分です。

とある家の前に来た時、足は自然に止まりました。

「花の丘」――庭一帯が土手のように盛り上がって、さまざまな花が見事に咲き誇り、まるで色あざやかなペルシャ絨緞を敷いたように広がっているではありませんか。オレンジ色のパンジー、百合の白、ビロードのような深いワインカラーの花、まだまだ私が名前も知らない花々がいっぱい。おそらくは腕のいいガードナーの手になるものでしょう。花々はスプリンクラーのシャワーをあびて、ことさら色あざやかに輝いて見えます。

うっとり見とれていると、この家のご主人とおぼしき中年の男性がにこにこと現れました。ジャック・ニコルソン風の渋い紳士。

「きれいなお庭ですこと」

私は思わずそう声をかけていました。

彼は「ありがとう」といい、見なれない私を不審に思ったのか、この近くに住んでいるのか、と聞きます。

「私は旅行中で、この近くの親戚の家に滞在していますの、いま散歩の途中ですけれど、お庭がとても美しいので見とれていました」

彼は得意そうににんまり笑いながら、どこどこの公園の花は全部自分がつくったのだ、というのです。花壇の設計でも手がけている人なのかしら、と思っていると、ヨ

ーロッパの家具や雑貨を扱う輸入の仕事もやっているというのです。そういうものにとても興味のある私は、つい、

「それはよいお仕事ですこと」

　といってしまいました。すると彼は、

「ちょうど昨日、ヨーロッパの家具のとても素晴らしいのがたくさん着きました。家に入ってごらんになりませんか」

　と広い庭の奥に建つ、白いしゃれた家を指さしました。

　もしそこに、この家の奥さんが現れて私を誘ってくださったら、私は喜んで招かれて行ったかもしれないのですが、誘っているのはジャック・ニコルソン風のおじさん一人です。このごろ、老婆を狙った犯罪が多発しているとか、そんなことがチラッと頭をかすめます。七十四歳といえども、か弱い女性ですもの、何事が起きるともかぎらない、用心用心。

「残念ですけれど、家の者が待っていますから」

　と、ていねいに断って、彼の傍を離れました。あの白い家の中に入って行ったとしても、何事も起こらなかったのかもしれません。でも、私は君子になって、危うきことには近づかないことにしたのです。

少し行くと、またまた中年のおじさんが外を見ながら立っていました。彼は私を見ると、いかにも親しげに手を振って、おいでおいでをするのです。妙に曖昧な笑い顔といい、私を招くその仕草といい、なんだか気味悪く、私は首を大げさに左右に振って断りました。でも彼は、あきらめずにおいでおいでをしています。

私は急ぎ足で立ち去りながら、まだこちらを見ているかしらと気になって、よせばいいのに、後ろを振り返ってしまいました。するとそれを待っていたように、またおいでおいでをするのです。今度はもう前のめりに急ぎ足、あわてて広瀬家の玄関に飛び込みました。

ドアを閉めてから、もう一度、外を見まわし、誰もついて来ていないのを確認して、やっと安心。

朝のさわやかな散歩気分など、どこかへふっ飛んでしまいました。それにしても私は、相当のんびりした顔をして歩いていたんでしょうねェ。

広瀬家でその話をしますと、

「朝さんが、お花の美しさにあまり感嘆なさるから、もっともっと喜ばせてあげたいと招いたんじゃないかしら」

「でも、あとで会ったおじさんは、ちょっと無気味ね」

などと話してから、

「いずれにしても、知らない家には絶対入ったりしてはいけませんよ」

と、子どもをさとすようにおっしゃるのです。

アメリカでは、小さな子どもたちが、一年間に五万人も誘拐されていると聞きます。私のようなおばあさんは、誘拐されることこそめったにありませんが、一人住まいのところを狙われるという事件はよくあるようです。広瀬さん夫妻が、珍しもの好きの私を心配してくださるのは無理からぬこと。ほんとうに気をつけることにしましょう。

イサム野口さんの瞳

私がもしインタビュアーになれたら、そう考えると楽しくなります。私がキャリアウーマンとして仕事をするなら、やはりインタビュアーが似合っている、と自分勝手に想像します。

お会いして、お話を伺いたい方がたくさんいます。

数年前、私は腸にポリープができているのが分かり、手術をすることになりました。現代の麻酔や手術の技術は進んでいるので心配はないし、ポリープが悪性のものであったとしても、七十過ぎまで生きてこれたのだから覚悟はできています。これまで元気でいられたことに感謝しなければ、と自分にいい聞かせました。それでも、やはり気持ちは不安で揺れ動き、せめて子どもたちに迷惑をかけないようにしようと、遺言めいたものまで書いたのでした。

そして当日、裸の上に白い布を被せられ、手術室のドアのバターンと閉まる音を、火葬場で遺体を焼かれる時に蓋が閉まる、あの音のように聞いて、手術台に上がりました。

手術台の上で、麻酔がきいてもうろうとした私の意識の中に、突然大きな音で、バッハの「トッカータとフーガ」が聞こえ始め、パノラマのようにいろいろな風景が見えてきました。ローマの遺跡があり、シルクロードの砂丘にはラクダの姿が見え、ルネサンスの香りを今に残すフィレンツェの町並みがあります。

その背景の中に、シュバイツァー博士や指揮者の小沢征爾さん、数学者の広中平祐さんたちが何の関連もなく浮かび、そのうちの一人、イサム野口さんのところを訪れようと、私は花の中の道をたどって行くのでした。

これは手術中の夢幻のことなので、やがて私は「黒柳さん、黒柳さん、無事に終わりましたよ」と呼び起こされ、手術の成功を告げられたのですけれど。

この幻想の中の出来事は、その後、大好きな「トッカータとフーガ」の曲と連なって、鮮明に印象づけられたのです。

世界を舞台に立派な業績を残していらっしゃる方々にお会いできたら、お目にかかってお話を伺えたら、どんなに素晴らしいかと、常日ごろから憧れていたので、それが夢の中に現れたのでしょうか。

この手術台の上のパラダイスの話を、とみ子さんに話しました。イサム野口氏はニューヨークにお住まいなのです。もしお目にかかれたらほんとにうれしいのだけれど、とお話するのも忘れませんでした。

アメリカ上流社会のメンバーとして、とみ子さんは野口氏と親しく、

「お忙しい方だから、今ニューヨークにおいでかどうかわからないけれど」

と、さっそくその場で気軽に電話をしてくださったのです。

イサム野口氏はいらっしゃいました。なんという幸運でしょう。昨日帰ってきて、明後日にはハワイにいらっしゃるというスケジュールの、ちょうどニューヨーク滞在の二日間に、電話をしたのでした。しかも、快く明日の午後に会ってくださるという

のです。

夢の中の話が現実になったのですから、私はもう気もそぞろです。

しかし、考えてみれば彼は世界の野口氏なのです。私ごときがのこのこお目にかかりに行って、貴重な時間をわずらわしていいものかしらと、今度はそら恐ろしい気分になるのでした。いささか狂気じみた変人に見られるかもしれない。

「少しハンカクサイんでないの」

人を揶揄《やゆ》するときに使う北海道弁を、自分に向かってつぶやいていました。

とにかく、はやる気持ちを落ち着かせ、明日の昼までに野口氏のお宅に美しいバラの花をお届けするよう花屋さんに頼みました。花に添えるカードには、何と書きましよう。

「愛をこめて」

少し大げさですねェ。

もう、人生の折り返し点をとうの昔に過ぎ、残された時間を気にする年齢になっているのに、憧れの殿方にお会いできるとなれば、気持ちのどこかに華やいだ思いが湧いて、はしゃいでしまうのですから……。ほんとうにもう少し若ければよかったなあ、なんて思ってしまうんですね。落ち着いて、落ち着いて。インタビューに行くつもりで出かけましょう。

ともあれ、私はとみ子さんに案内されて、イーストリバーの川沿いにあるイサム野口氏のミュージアム風のお宅を訪問しました。

氏と握手をして、その目を見た瞬間、この人はゲーテのように十八歳の少女に恋をするタイプの人だなあ、そう感じたのでした。

大きな広い部屋の彫刻のそばの丸いテーブルに、薄紅色のバラの花がすでに活けてあり、私のカードもそっと置いてありました。

氏の彫刻は、ストラディバリウスの奏でる音楽のような輝きと温かさを伝えて、広い邸宅の随所に置かれてありました。

「ほんとにお若いですね。黒柳さんのように元気な方にお目にかかると、僕も元気づけられます」

そのようにおっしゃられると恥じ入ってしまうのですが、ここは素直にお受けすることにしました。

「将来はここを美術館にしたいと考えています。庭にある作品、ことに木の下にあるものは、とても気に入っているんですよ」

などと、数々の作品の説明をしてくださる野口氏の瞳は若々しく、時には鋭く、そして優しげに輝くのです。その大彫刻家の前で、軽率なおしゃべりをして失礼があってはいけないと、さしもの私も言葉少なになってしまうのでした。

ご一緒に写真を撮りました。その写真の出来上がりの待ちどおしかったこと。翌日には出来上がったのですけれど、ドキドキする思いで待ちました。

よく写っていました。私だけがうれしがっているふうでもなく、野口氏もにこやかです。あまり私が喜ぶものですから、広瀬ドクターは、

「そんな写真を持っていると、パパが出てくるぞ」

とからかうのです。

なんと、その夜パパの夢を見たのです。パパが亡くなってから初めてのことです。パパと大喧嘩をして、ワァワァ泣いている夢でした。広瀬さんの暗示にみごとにひっかかったようです。いいえ、もしかしたら、ほんとにパパが叱ったのかもしれません。あの人は、そうとうなヤキモチヤキでしたから。

ところで、私のインタビュアーとしての素質は、はたしてどんなものでしょう。今回は少し興奮しすぎたかもしれませんね。何しろ初めての経験でしたから。

イサム野口さんのお宅で。
広い邸宅の随所に素敵な作品が輝いて美術館のようでした。

ブライダルレジストレーション

友人の息子さんが結婚するということなので、お祝いに伺いました。これもニューヨークでのことです。

日本で結婚のお祝いといえば、お金で差し上げるのが何よりで、それは結婚式でなくても他のお祝いごとでも、お見舞いの時でも、いただく側になって気どりなくいえば、やはりお金が重宝なものです。

私も、そのつもりで友人のところを訪ねたのでした。

花婿の両親である友人夫婦は、こぼれる笑顔で花嫁の素晴らしさをいろいろと語ってくれました。こんなに祝福されて迎えられる花嫁はなんと幸せなのだろうかと、こちらもまたうれしい気分になってきます。

さて、お祝いを差し上げることになった時、

「とても合理的で夢のあるお祝いの方法があって、息子たちもそれでお祝いしていただいているんです」

と教えていただいたのが、ブライダルレジストレーションというやり方です。

結婚する当人は、あらかじめ一つのデパートを決め、そこの商品でお祝いに欲しいもののリストを作って係に預けておくのです。コーヒー茶碗一つでもディナーセットでも、タオル一枚、寝巻きの類まで、メーカー、柄、色、等々きちんと指定しておきます。

お祝いする人はお祝い金を直接本人に渡さず、その指定のデパートに行って、お祝いする相手の名前をいい、お祝い金を渡します。そして花嫁なり花婿なりのリストの中から、品物を選んでお祝いとするのです。自分の金額でとても足りない絨緞にしても、ほかの誰かのお祝い金と合わせて買えるように、デパートで組み込んでくれるのだそうです。

同じ品物が重なったり、模様のちぐはぐな食器や、好みに合わないテーブルセンターが届いたりということがないわけです。

タオル一枚にしても、スリッパにしても、女の人は自分の好みにゲンカクな哲学を持っていますものね。

お揃いのセーターとか夫婦茶碗にしても、自分たちで選んだものをいただけるなんてとてもいいですよね。もちろん私もそのやり方を選びました。

どなたにも選んでもらえなかった品物は、若い二人のお金で買える範囲で調えるということでした。

この風習は、イギリスからメイフラワー号がアメリカに入って来たあたりから始まったものだそうです。もちろん、当時はデパートのような大がかりなものはなかったわけですから、近くのお店に頼むといった具合だったのでしょう。アメリカには、昔はお金をお祝いにあげる習慣はなかったそうですが、このような方法があったからではないでしょうか。

とはいえ、今でもごく一般に行われているというわけでもなさそうで、初めて聞いたという人もいました。そして一様に、とても素敵なやり方だと感心していました。ほんとによいお祝いの差し上げ方だとは思いませんか。

旅はやさしさとの出合い

「老骨に鞭打って」という言葉があります。私はそれほど厳しい覚悟でアメリカ、カナダの旅をしているわけではありませんけれど、ときどきは、頑張れチョッちゃん！と自分で自分を慰め励まさずにはいられない状況になることもあるのです。

何を好きこのんで、一人でシンどい外国旅行をしているのだろうと思うことがあっても、のどもと過ぎればとはよくいったもの。さて目的地について、日系の方々に歓迎していただき、私の拙い話を喜んでいただくと、

「やっぱり来てよかった」

とたちまち元気になってしまいます。

言葉が少々不十分でも、理解しようとする熱意と、相手に対する思いやりがあれば、私の話も何とか分かってもらえますし、私もその場の雰囲気にとけ込んで楽しくやっていける得な性分でもあり、それが私の流儀でもあります。

いろいろな人にお会いして話をきき、新しい発見をし、心の触れ合いがあれば、今日は素晴らしい一日だったと感謝するのです。

とくに旅先で出会った見知らぬ人の親切はうれしくて、たちまちその国が好きになってしまい、そこに住んでいる人々が好きになります。

ニューヨークで友人とあるレストランで待ち合わせをした時のことです。そのレストランのすぐ近くまで行きながら、道が分からなくなってしまいました。通りすがりの人に聞いたのですが、これがなかなか思うようにいきません。同じ質問を何度も繰り返し、やっとこさ道順が分かりました。そんな季節でもないのに額に汗がにじみま

した。

またすたこら歩き出し、「このビルの前の通りを右に曲がる」と独り言をいいながら角を曲がると、後ろから肩をたたかれました。振り返るとさっき道を聞いたおばさんがハァハァいいながら追いかけてきているのでした。私のようすが心もとなかったので、行く先をじっと見ていたらしいのです。それも一度角を曲がって、また次の角を曲がるまでもです。するとやはり、私はその角を反対方向に歩き出したので、

「〇〇レストランまで一緒に行ってあげましょう」

と追いかけてきてくれたのでした。ありがたいことでした。

カナダのトロントでも同じような経験をしました。タクシーで乗りつけた郵便局は大きな建物で、入り口がいくつもあるのです。タクシーを降りようとしてそのビルを見上げると、溜め息が自然に出てきました。この大きなビルのどこに行けば、小包を日本へ送れるというのでしょう。すっかりとまどってしまったのです。代金の計算をしかけていた運転手さんは、東洋の小柄なおばあさんが気の毒になったのでしょうか、車を降りると私の小包を持ってカウンターの前まで案内してくれたのでした。そして、あやうくタクシー代金を受け取らずに帰るところでした。呼び止めて支払ったのですけど、仕事のことも忘れて一人旅のおばあさんのために気をくばってくれる運転手さ

んに、

「ほんとにありがとうございます。いつまでも元気で頑張ってくださいね」

と、心の底から感謝の思いが湧いてきました。

その帰りのことです。タクシーを拾おうと手を上げるのですが、道幅の広い街のこと、少々のアクションではタクシーは止まってくれません。大声を上げて呼ばわりながら手を上げないとだめなのです。その大きな声が出ません。なにをいまさら、大きな声ごときで恥ずかしがることもあるまいに、と自分を励ましますがやはりいけません。困ってしまいました。タクシーは何台も私の前を無情に通り過ぎていきます。私は手を中途半端に上げたり下ろしたり、何度か繰り返します。

ピュー、ピューと突然肩越しにするどい口笛が鳴ると、行き過ぎかけたタクシーがスルスルとバックでもどってきて、私の前に止まりました。振り返ると中年の紳士が、

「どうぞ」

と私をタクシーに乗るように促すのです。

「どうもありがとう、私はこの国がとても好きになりました」

そういって、日本式にていねいにおじぎをしてタクシーに乗りました。

この紳士も、口笛を吹いてタクシーを止めただけでなく、私が乗り込むのを確かめ

てから、立ち去ったのでした。

その日は素晴らしくよく晴れた日で、最近で、カナダがいちばん美しい日だと運転手さんが話してくれましたが、景色もそこに住む人々もほんとうに美しいと思いました。

これは私が経験したことではなく、バイオリンを弾いている息子が話してくれたことです。

イタリアの旅行中に、ある海岸で友人と三人で遊んでいた時のこと、ボートを漕いでいると、なにかのはずみで息子のズボンの縫い目がズッと裂けてしまったのだそうです。さあ大変、まさかズボンの後ろをぱくぱくさせたまま歩いて帰るわけにもいきません。タクシーとて見あたらず、しかたなくヒッチハイクを頼もうと通る車に手を上げて待ちました。たまたまクリーム色のつややかに美しいアルファ・ロメオが止まってくれました。事情を話すと、

「今、急いで行くところがあるが、用事をすませて一時間後にまたここを通ります。それまで遊んでいなさい」

ダンディーなイタリア紳士はそういうと、スーッと行ってしまいました。息子たち

は半信半疑で待っていますと、きちんと約束の一時間後に、アルファ・ロメオはその優美な姿を息子たちの前に現したのでした。

紳士は、自分の家に息子たちを案内すると、濡れたズボンを乾かし、破れたところを家の人に頼んできちんと繕わせ、アイロンまでかけてくれたのでした。息子たちの感激はいうまでもありません。

私はアルファ・ロメオを見るたびにこの話を思い出すのです。

ニューヨークのおばさんもトロントの運転手さんも、口笛の紳士も、息子の出会ったアルファ・ロメオの紳士も、おざなりに私や息子に親切にしたのではありません。道を聞かれて、その道順を教えることはできます。でもたとえ近いところとはいえ、間違えずに行けるかどうかと行きずりの人を案ずるには、やはり心のゆとりがいります。確かめるとなればなおさらです。

最後まで責任を持って助けてくれた人たちのその気持ちの深さに、しみじみありがたいと感じ入るのです。

人の心の温かさに、洋の東西はありませんね。

カナダで成功した三ちゃん

三ちゃんの住んでいるカナダに来ました。カナダは北海道生まれの私にはとてもなじみやすい土地でした。ことに三ちゃんの住んでいるトロントの郊外は、故郷に戻ったような懐かしささえ湧いてくるのでした。

果てしなく美しい自然、豊かな野菜や果物、ひとりでに心がほぐれていきます。三ちゃんこと村田豊三郎さんは、今は亡き親友の米ちゃんの次男坊です。

米ちゃんと私とは、北海道の岩見沢女学校の同級生。私は音楽学校へ、米ちゃんは絵の修業に岡田三郎助先生のお弟子さんになるために上京し、お互いに故郷を離れた淋しさも手伝って、毎日のように会っていました。

独身のころは、絵の展覧会や音楽会などによく連れ立って行ったものです。そのころは本もよく読み、彼女はヘルマン・ヘッセの「車輪の下」に感激し、私はジョルジュ・サンドに凝っていて、「アンデアナ」を感激しながら読んでいました。

やがて、私はパパと結婚し、米ちゃんは村田さんという銀行にお勤めの人と結ばれました。

彼女の家は自由ケ丘、私は当時大井町線の北千束、駅の数で二つか三つ目ですから、結婚しても二人の間が疎遠になるようなことはなく、これまた、会ってはおしゃべりという毎日でした。毎日しゃべっても次の日が待てないほどたくさん話がありました。

そして、米ちゃんには太郎君が誕生し、わが家には徹子が生まれました。

同じ年の二人はとても仲良く遊びましたが、太郎ちゃんはおとなしくて素直、徹子は活発で賑やかな子どもでしたから、いじめて泣かすのはいつも徹子のほうでした。

お父さん・お母さんごっこが二人の好きな遊びで、徹子は葉っぱや草花をつんで食事の用意をし、お父さん役の太郎君は会社へ出かけます。太郎君は帽子を目深に被り、

「じゃ、おかあさん行ってきます」

といって出かけますが、少し行くと必ずもどってきていうことは、

「お母さん、出かける時は窓をきちんと閉めて、火の元をちゃんと消して、錠をかけて出かけなさいよ」

それから、また、

「行ってきます」

といって出かけるのでした。徹子は、

「ウン、わかった」

そういうのです。

聞いていると噴き出しそうになります。

ちなみに、米ちゃんは毎朝、太郎君のいった言葉をご主人にいわれているのだそうですし、徹子の「ウン、わかった」だって、私が主人に対する返事とすっかり同じ調子なのですから、恐ろしい。

太郎ちゃんに弟の豊三郎ちゃんが生まれ、徹子にも明児という弟ができました。

米ちゃんと私はどこかピントの外れたところがあり、いたって物にこだわらない点ではよく似ていましたが、彼女はちょっと感情的に見えて実は慎重で理性的でしたし、私の方は理性的に見えて実は感情的で直情的なのです。

ですから買い物をする時でも、米ちゃんが「ちょっと待ちなさいよ、少しほかのを見てからにしたら」と私の勇み足を制してくれるのでした。

また米ちゃんは一見のんびり屋に見えながら、子どもの学校のことなどは小学校は学芸大の付属小学校などと早くから計画がたててあって、ここが大事というところはしっかりした人なのです。

子どもたちが小学校に入学するころになると、私たちも忙しくなり、そうそう〝友達おしゃべり〟にうつつを抜かしてばかりもいられなくなりました。そして世の中も、戦争、空襲と厳しく暗い時代に入っていったのでした。

二人の仲もいつとはなしに離ればなれになり、時に交わす手紙も子どもや家庭のことになってしまい、しだいに途絶えがちになりました。

ある日、突然、私は米ちゃんの訃報を聞いたのです。

心臓発作が原因だということでした。まだ五十歳の若さでした。私は一番大事な友達を失いました。私の青春も失ったような思いでした。

私がニューヨークから三ちゃんに電話すると、電話の向こうで、飛び上がらんばかりの声で、

「トロントはいい町だよ、家は小さいけれど土地は六万坪と広いんだ。おばちゃん、ぜひこっちへおいでよ、奥さんと子どもを紹介するから」

と招待してくれたのです。

小さいころの三ちゃんを思うと、感慨が湧きます。腕白小僧の三ちゃんは、小学校のワクにはまらなかった徹子同様に、どれほど母親の米ちゃんを心配させたことか。ですから、米ちゃんと二人で、幸せな三ちゃんを訪ねることができたら、どんなにうれしかったかと思います。

少年時代の三ちゃんは、バイオリンを習っていました。何年間かのバイオリンの修

業は、結局、ほかの習い事と同様に彼を苦しめただけに終わりました。どこかはみだしたところがありましたが、それは彼が好奇心が強く、エネルギッシュだったからなのです。そのことが今、四十五歳になった彼をどんなに豊かにしているかはかりしれません。

　大学の付属の学校でしたから、とにかく大学までいったのですが、こんどはテニスに夢中になり、それがまた米ちゃんの悩みのタネになりました。それでも彼は頑張って学生オールチャンピオンになったのです。

　その後、どういう経過をたどったかよく知りませんが、ニューヨークに行った時は無一文、皿洗いをしようにも、観光ビザでは働けず、その場しのぎの苦しい生活をしながらカナダに行き、そこでチャンスをつかみました。テニストーナメントに参加して優勝したのです。それがきっかけでワーキングビザを取り、コーチの仕事を得たのです。

　芸は身を助けるといいますが、三ちゃんの学生時代の頑張りがここで生きたのです。

　その後、紹介する人があってテレビ局に入社しました。もともとイラストレーター志望だったので、水を得た魚のように働いたようです。小さいころから絵が上手で、お母さんの米ちゃんの絵といっしょに三ちゃんのカットを見せると、採用されるのはいつも三ちゃんのほうだと米ちゃんが話していたことがあります。その天分が発揮されました。そして数年後には認められてアートディレクターになっていました。

とはいえ、もともと人に拘束されることの嫌いな三ちゃんのこと、今はフリーのイラストレーターとして活躍しているのです。

ハリーアブニハム出版といえば、マチスやピカソの本を出版しているアメリカの一流の出版社ですが、三ちゃんのイラストもそこの出版物に掲載されることに決まっているそうです。

彼は大成功したわけで、相当のお金持ちにもなりました。

だからといって三ちゃんの生活が今までと変わることもなかったようです。ヨットを買うわけでも大邸宅に住むわけでもなく、相変わらず質素な生活を続けているのです。六万坪もある自然そのままの土地にこぢんまりした家を建て、画家の、奥さんのキャシーと一人息子のタロー君とのどかに暮らしています。

三ちゃんもいろいろな曲折を経てここまできたようで、ずいぶんつらい時期もあったといいます。苦しい時、傷ついた時、どう切り抜けるかは、生まれ育った家庭環境や土地柄などに大きく影響されるものです。北海道の広がりをそのまま身につけて、なにごとにも大らかな米ちゃんと、銀行マンで厳格だったお父さんが、幼いころの三ちゃんに注いだ愛情が、苦境時の三ちゃんを、声にならない声でどんなに励まし続けたことでしょう。その愛情に励まされながら、勇気と知恵と健康で、苦難を乗り切ってきたのだと思います。

そして今、恵まれたカナダの自然の中で、健康に感謝しつつ、自分なりの生活をすること、奥さんのキャシーと子どものタロー君との幸せを守っていくことがどんなに素晴らしいことかと気づいたといいます。ヨットや大邸宅など、何をどれだけ持っているかは、そうたいしたことではないのだといいます。

そんな三ちゃんがいってくれます。

「僕は、お母さんにちっとも親孝行しなかったから、お母さんの代わりにおばちゃんに親孝行するよ。長くいてよ、いてよ」

また、

「おばちゃん、四十、五十は花のつぼみ、七十、八十は働き盛り、九十になったらまだ早い。百になったらもう少しって、そんな調子でいかなきゃダメだよ」

そんなふうに励ましてくれる彼の気持ち、とてもありがたいと思います。

なにがなくても意欲を持って生きること、若い時も老いてからもこれが大切なんですね。

ここがパパの探し求めていた土地

トロントの郊外にある三ちゃんの家に滞在した数日間は、わが生涯最良の日といってもよい素晴らしい日々でした。三ちゃんが何かと細やかに気を使ってくれました。タロー君もとても可愛いし、三ちゃんの選んだキャシーは物静かながらとても温かい情熱的な人柄です。家族同様の遠慮のない生活をさせてもらいました。

そして、何よりも私の気持ちを安らかにしてくれたのは、トロント郊外の景色でした。六万坪もある三ちゃんの庭の眺めでした。

森のそばの小さな椅子に腰かけてぼんやりしています。甘い草の匂い、木々の間を通り抜け、私を包むようにして通り抜ける風、太陽は木々のうえに高く世界にぬくもりを与え、そばの小川の水の音は耳に心地よく子守歌のよう。母の手が軽く背中をたたいてくれるような慰めを感じるのでした。

森の中を三メートルほどの幅で、深さ二十センチぐらいの小川が流れています。美しく透き通って底まで見える清流です。十五センチ以上の鱒の子どもが釣れることもあるそうです。朽ちた木が倒れていたりもして自然そのまま、まわりの木々の影も映して流れています。もし十年前に、いやもっと前にパパがこれを見たら、ここに住むと決めたに違いありません。日本でのバイオリニストとしての地位を投げうって、この地方の小さなオーケストラのビリの奏者になってでもよいから、ここに住もうといっただろうと思います。八ケ岳や北海道のあっちこっちでただ小川さえあれば、そこに住みたいといっていたパパです。

東京に住んでいた時も、鎌倉の時も、パパは大雨が降るときまってレーンハットとレーンコートに身をかため、長いシャベルを持ち出して、玄関の横から深さ十センチ幅ほどの長い長い溝を掘り、通りの側溝までつなげるのです。そして大きなザルに小石を集め、溝の両側に小石の堤防を築きます。土をこね小石でかため、小川をつくるのです。

何時間でも、雨の降っている間中、水の流れているかぎりやめません。くねくねとまがりくねった水の流れでした。

庭の排水のためではなく、ただ水の流れを見ていたい、そんなようすなのでした。

私が、

「風邪をひくわよ。肺炎になるわよ」

といってもやめません。そのうち私もつられて、芝や草の小さな根を取ってきてところどころに自然の風景らしく飾ったり、木の枝をさしたりして手伝いました。パパの幸福そうなひとときでした。私は心配とパパの幼さにとまどいながらも、幸福感を味わっていました。

ふと、ジョルジュ・サンドの書いたこんな文を思い出しました。

「あなたが私を苦しめる時、私はもうあなたを恋人だとは思いません。あなたは病気の子どもなのです。それで私は、お世話をして、もう一度私の恋人にするために治してさしあげたいのです。

私は誰かのために苦しむ必要があるのです。私の中にある感受性と精力のありあまる力を使い果たさなくてはならないのです」

このカナダのトロント郊外に、パパが求め探して得られなかった心と体の憩いの場所があったのです。生前には出合えなかった場所がここにある、そんな風景です。美しい眺めであることがつらいくらいでした。

木の葉を流してみました。白い小菊を手折って流してみました。涙が出てきました。ああ、私らしくないと思いました。過去を振り返ることが大嫌いなチョッちゃんだったはずです。

太陽はやわらかく私を包み、まどろみに誘いこんでくれるようです。草の上にうつ伏せになり、じっとしていました。

キャシーが大きな枕とやわらかな布団を持ってきてくれました。その枕に顔をうずめ、ここでこのまま永久に眠り続けられたらうれしいと思うほど、静かで満ち足りたひとときでした。

故郷のふところにいだかれているような安らぎを全身に感じていました。

「自由に」生きる人たち

トロント郊外にいながら北海道のあの昔のわが家に帰ったような日を送っていたある日、三ちゃんの隣の方から招待の電話をもらいました。

お隣といってもそこはカナダのこと。美しい森の中の道や草原を通って、車で七、八分はかかるのです。なんともケタが違いますね。

野菜畑と花畑に囲まれた家の住人は、七十五歳のご主人と七十三歳の奥さんのお二人です。ご主人の本来の職業は建築家、大勢の従業員と事務所を持って活躍していたのですが、老後は農業をしてのどかに暮らしたいという夢を実現し、野菜や花を栽培しているのでした。

ご主人と奥さんの作る野菜や花は、本職の農家の作るそれよりもみごとな出来栄えなのだと、三ちゃんが紹介してくれます。

また奥さんは週三回、町の小学校で子どもたちに勉強を教えます。それも自分で車を運転して出かけるのですから、感心してしまいます。

私たちのほかに、もう一組お客さんがありました。まだ若いご夫婦で、奥さんはこぼれそうな大きなお腹をしていました。いま八カ月だそうです。知的で快活なご夫婦でした。

ご主人は、お醤油と砂糖、ニンニクなどにつけこんだ骨のついた厚い豚肉を、木を燃やしきって炭火になったところで上手に焼いてもてなしてくれます。ユダヤの人たちが食べるドーナツのような形をしていて、フランスパンのようにかたいパンにバターをつけ、生クリームをぬってすすめます。苺もほかの果物もすべてここのご主人の作品なのです。新鮮でおいしいことこのうえもありません。

食事のあとは、床の上にべったりと座って話に花が咲きます。ドビッシーの曲が美しく流れます。

お腹の大きな奥さんも、そのご主人も大学の教授なのだそうです。ところが驚いたことに、今度その職をやめて、奥さんの実家のあるサンフランシスコに行って、さっき食べたジュウィッシュのパン屋さんを開くのだとケロリとして話すのです。別にこれという事情があるわけではなく、「やってみたいから」なのだそうです。

「なんでも、やりたいと思うことはやってみるんです。仮に失敗だったとしても、自分の夢を果たしたのですから、ちっとも後悔することはありませんもの」

みんなも、「ソウダ、ソウダ」といった調子なのでした。

人間それぞれ、それなりに生きていけばいいんだからといっているのです。こんな生き方、日本ではなかなかできにくいですね。

社会的な地位とか名誉とかにいたずらにこだわらず、人間本来の自由と夢を大切にする、こんな生き方っていいですね。

夫唱婦唱五十年

子どもの自動車と私の着物

セピア色の小さな写真があります。徹子が三歳くらいでかわいいさかり。髪にリボンをつけて、子ども用の自動車に乗っかってニコニコ笑っています。この写真を見ると、パパの面目躍如といった出来事を思い出すのです。

徹子にも子ども用の、足で漕ぐ自動車を買ってやりましょう、ということになって、パパと徹子と主人でデパートに出かけました。そのころ、徹子の友達はすでに自動車を持っていて、徹子とも早くから買う約束がしてあったのでした。

さて、売り場にならんだ自動車はどれも赤くてきれいでした。私はなるべく安くて、近所の子どもたちと同じようなものを選んで、

「コレガイイネ、トットチャン、コレデイイデショ」

トットはどれでもいいのです。買ってさえもらえば、それが安くてもうれしいのです。するとパパは、

「いや、これがいいよ」

子ぼんのうだったパパ。
徹子2、3歳のころ。子どもの服は廃物利用、
全部手作りでした。

売り場の中で一番上等で、見るからに本物らしいのを指さすのです。

これに決めよう、乗ってごらんと、トットを乗せると足がまだとどきません。しかしパパはすぐ大きくなるからと、なんとしてでもそれを買ってやりたいというよりは、自分が欲しいといったようすなのです。私は反対しました。ほかの子どもたちよりきわ立ってよいものを持たせることはないと思いましたから。

すると、パパはとんでもないことをいい出すのです。

「君が上等のを買わないのは、自分の着物を買いたいと思っているからに違いない」

というと、さっさとどこかへ行ってしまったのです。まもなく、反物の包みを持って帰ってくると、

「さあこれで気がすんだだろう」

私は最初ポカンとして、次に猛烈に腹が立ちました。そして出がけにパパにお金を全部預けたことを後悔しました。その中には生活費も入っていて、私の着物などを買う予算など入っているはずがないのです。まして着物となれば好みもあろうというもの。気に入らない柄ゆきだったら、どんな高価なものでも絶対に着ないことぐらいパパは百も承知のはずです。

二人のただならぬようすを察して、トットは半分ベソをかいています。パパはさっ

さとお気に入りの自動車を買うと、デパートの配達が待ちきれなくて、自分で持ち帰るといいタクシーで帰りました。

家に着けば、自分の欲しい物が手に入ったのですから機嫌もよくなり、さっそく徹子を乗せてペダルを漕がせますが、足がとどかないのでリズミカルには漕げません。すると今度は漕ぎ方が悪いと腹を立てるのでした。

パパはバイオリンの演奏が常に最高であるように努力を続けた人です。子どもに与えるものも、最高のものを与えておきたかったのでしょうね。それとやはり自分がそれを欲しかったのでしょう。

例の着物ですが、生地はお召しで、店員さんが見立てたのかパパが選んだのかはっきりしませんが、紫の美しい色にねずみ色の素敵な縦縞で、とてもよく似合って、私の好きな着物になっています。

恋文電報

太平洋戦争の始まる前の年、昭和十五年の紀元節（今の建国記念の日）は、紀元二千六百年にあたるということで盛大な祝賀式がおこなわれ、日本国中日の丸の旗をたててお祝いムードにわいていました。

　パパがコンサートマスターを務める新交響楽団は、日本政府が山田耕筰氏に依頼して作曲した紀元二千六百年祝典シンフォニーを演奏し、その夏、満州へも祝賀演奏旅行に出かけることになりました。満州の何カ所かを回り、最後にハルビンで演奏ということで、楽団員七、八十人が賓客として招待されたのです。

徹子の下に生まれた長男が四、五歳、次男が七、八カ月のころでした。

子どもより手のかかるパパが二カ月も留守になるので、私はうれしくて内心ウキウキしていました。もちろんパパのほうはこの演奏旅行にどんなに行きたくなかったことか、招待が決まって以来、わが家の天気図は荒れ模様が続いていました。

「僕が出かけたら、ママはセイセイしてうれしいだろう。羽をのばすんだろう」

　と、毎日しつこくいじめられました。

「当たり前でしょ。セイセイするなんてもんじゃないわよ」

といいたいところですが、うれしさはおくびにも出せません。

「パパがいなかったら、淋しいにきまってるじゃないの。三人も幼い子どもがいるんだから、私だってとっても不安よ」

と、一生懸命別れがつらそうにしていました。

運よく（?）夏休みに入っていましたので、私は子どもたちを見せに、北海道の実家に帰りたいと思っていました。パパにうまうまと略奪されて以来、初めての里帰りです。

「孫たちに会いたい。旅費も送るから、パパが満州に出かけたらすぐ来るように」と父母からいってきていました。

パパは仕事が終わるといつも飛んで帰ってくるし、もちろん外出は許されないのでカゴの鳥同然の私は、まるで修学旅行を待っている女学生のような心境でした。

今ごろは、スモモの大木に、ワインレッドの実が何百と実っているころ……そして風に吹かれて地面いっぱいに落ちていき、スモモの絨緞が敷きつめられていることでしょう。

病院の裏手に伝染病患者のための隔離病舎があって、そこへ通じる道の左側に、見上げるように高いポプラの木がありました。その木の上でいつも郭公《かっこう》が素晴らしい声で鳴いていました。

道の右側は落葉樹の林で、秋になると落葉の下に、採りきれないほどたくさんのきのこが、小さな帽子をかぶった小人の行列みたいに息づいていました。

都会しか知らない子どもたちもあの大自然の中でのびのびと遊べるし、十年ぶりの帰郷ですから、心が浮きたたないではいられません。

やがてパパの出発の日が来て、東京駅まで見送りに行きました。

指揮者の山田耕筰氏、楽団員のほか、お医者さま、看護婦さんなどスタッフの方々も大勢で、賑やかな歓送風景でした。

パパは、子どもたちを一人ずつ抱き上げ、

「ママのいうことを聞いて、いい子にしているんだよ」

と、いい外づらをしています。

最後にみんなが手を振って別れる時、パパは悲しそうでした。まわりに人がいなかったら、泣き出したことでしょう。

北海道の滝川町に帰るには、当時は三日がかりでした。東京から青森まで数十時間、津軽海峡をわたる連絡船を数時間待って、船底に揺られること五時間近く。さらに函館から滝川まで待ち時間を入れて十時間ぐらい。乳飲み児をかかえて気の遠くなるような長旅でした。

さいわい東京の大学に行っていた弟も同行してくれ、徹子は勉強道具を入れたリュック代わりのランドセルを背負い、私もまだ若くて元気で両親の待つわが家に着きました。

「大変だったでしょう。よく帰ってきたわね」

父母始め、看護婦さんやお手伝いさんたちに口々にねぎらわれ、それからは上げ膳、下げ膳のうれしい生活が始まりました。

父はさっそく、今は亡い長男の明児を連れ、自分で作った鳥を呼ぶ笛をピイピイ吹きながら、小鳥をとりに出かけました。

その笛は、七、八センチに切った竹の上のほうに穴を開け、口のところは吹きやすいように片方を斜めにスパッと切り落としたもので、それを吹くと鳥が寄ってくるのです。

父は鳥刺しの名人でした。長い竿の先に丹念に黐《もち》をつけ、明児にも一本持たせ、逃げられないようにさっと槍をさすような格好で、すばやく鳥を捕まえるのです。家には捕まえた鳥を入れた鳥カゴが何十となく置いてありました。

父は器用で趣味のいい人で、菊の懸崖《けんがい》やダリヤなどの花づくり、尺八や謡、バイオリン、ビリヤード、魚釣りなど、いずれも玄人はだしでした。

その夏も、何十本という自慢の大ダリヤが咲いていました。この町で誰が一番大きなダリヤを咲かすかというコンクールに出すためのもので、太いダリヤの茎には番傘が一緒にしぼりつけてありました。

「雨だ！」

というと、家中の者が庭に飛び出して、一本一本のダリヤ姫におっとり傘をさすのです。母が、ダリヤよりも先に洗濯物などをとりこもうとすると、

「そんなものは後にしろ！　ダリヤが先だ！」

と父にどなられたものです。

明児は、着いたその夜に、父から笛を作る竹をもらい、いい音の出る笛を作り上げて、

「さすが俺の孫だ」

と父を喜ばせました。幸せな幸せな日々でした。

裏のスモモは充分に実って地面に落ち、徹子も明児も、スモモ絨緞の上をすべってころぶのに夢中でした。

グズベリーやカリンズも、たくさん実をつけていました。

次男の紀明は、お人形さんみたいにきれいな赤ちゃんで、父は紀明を抱っこして、

「東京の孫だよ」

と近所に見せびらかしに歩き、

「まあ、先生が子ども抱いてるの、初めて見たへ」

と驚かれていました。自分の子は一度も抱いてやらなかった明治の男も、孫は抱かずにいられないくらい可愛かった、と同時に、父も年をとっていたのですね。私は〝子ども〟でいられる幸せをしみじみと感じました。

結婚に反対され勘当されていた長い間の親と子のわだかまりを、今すっかり水に流すという幸せだったのかもしれません。

十日ぐらい経ったころ、パパから小学生のような字で手紙が来ました。

「こちらはものすごい歓迎を受けています。でも僕はちっともうれしくない。ママを愛している。別れがこんなにつらいとは思わなかった。毎日帰りたい気持ちでいっぱいだ。手紙をください」

と住所が書いてありました。

それはかわいそうなほどというか、大の男の手紙とは思えないものでした。

気にはなりましたが、私が帰ってきているというので、毎日のように小学生時代の友人が遊びに来たりしてあわただしく日が経ち、返事を出さないでいるうちに、ある朝、満州から電報が来ました。

家中何事かと驚いて、私の周りに集まってきました。皆にかこまれて電報を開くと、

「テガミクレ　キガクルイソウダ　モリッツナ」

と書いてありました。みんなは開いた口がふさがらないようでした。私はとても恥ずかしく、そしてパパのあの怒り狂った時の恐ろしい形相を思い出してハッとしました。

　恐怖にふるえながら、すぐに返事を書きました。こんなにひたすら思われることは女として喜ぶべきことか。家の者たちは、

「あんな電報を配達した郵便屋さんも、驚いたろうなあ」

といって大笑いしていましたが、私はパパが帰国した後の恐ろしさに身もふるえる思い。せっかくの故郷の幸せな日々がふっ飛んでしまう思いでした。

永久にこの家にいられたら、どんなにのびのびしていいだろうとふと思ったりしたのが、テレパシーでパパに伝わってしまったのでしょうか。

パパから逃げることはとてもできない、〝パパの黐〟に一生捕まってしまうのだ、と観念したのでした。

パパの出征

第二次世界大戦が激しさを増してきた、昭和十八年の夏でした。

三十七歳、丙種補充兵歩兵という、兵隊でいえば一番下の位で、まったく役にも立ちそうもない肩書と年齢のパパのところに、赤紙の召集令状が来ました。

当時、男の人は皆、いつかは赤紙が来るという不安な思いと覚悟をかかえての毎日でした。でも、できることなら自分のところは避けていってくれればと願うのは当然のことだと思います。ただ、それを口に出していうことはもってのほか、という時代だっただけのことなのです。バイオリンしか弾いたことのない、体力もなく足も弱いパパが、前線で何の役に立つというのでしょう。でも、そうなってしまったのですから、逃げることも隠れることもできないのです。

入隊するまで二日の余裕しかありません。パパはまず床屋さんに行き、頭をくりくり坊主にしました。令状にそう書いてありましたから。

令状にはまた、ビール瓶を一本持参せよと書いてありました。

何に使うのか分からないままに、私たちはこの瓶に遺言か手紙を入れてどこかの海から流すのかもしれないなどと、本気で考えて胸のつまる思いをするのでした。あとで聞けば、それはそのころすでに配布する水筒もなくなっていたので、その代わりの瓶だったのです。

入隊は麻布の連隊でした。当日は朝早くから、割烹着をつけた国防婦人会の人たちや町会のおじさんたちが、大勢、手に手に日の丸の紙の小旗を持って家の前にならんでいました。

パパは、ありあわせの地味な洋服に、みんなが励ましの言葉を寄せ書きした風呂敷大の日の丸の旗を斜めにいくつにも折って、けさがけに背負いました。洗面道具やビール瓶を、私が大急ぎで作った袋に入れて手にぶら下げます。これが、これから出征するパパのいでたちでした。

パパは玄関を出ると、見送りに来てくれた方たちにお礼の挨拶をして、駅へ向かいます。そのあとに、私や子どもたちや見送りの方たちが列を作ってついていきました。

北千束の家から大岡山の桜並木の道を右に折れ、目蒲線の洗足駅まで見送って、そこでパパはみんなとお別れをしました。パパも何もいいませんでした。子どものことを気をつけてとか、体に気をつけてなんていってもらいたくないし、私も駅頭で、ことさらいわなければならないこともありませんでした。ただばかばかしく腹立たしいだけでした。

パパが出征して十日ほどたってから、赤坂の小学校で面会できることを知らせたハガキが届きました。日付と時間が書いてあり、面会時間は三時間でした。

これが最後かもしれないという思いがあり、子どもたちと一緒に写した写真をかたい台紙に貼り、パパが持って歩いてもいたまないように作りました。一日に何回も手を洗う人なので硬い石鹸も持ちました。食事が一緒にできるというので、前日からお煮しめだの、いなり寿司だのを準備しました。

パパのお母さまにも一緒に行ってもらいました。黒紋付きの羽織をきちんと着て、みじんも乱れがありません。私は徹子と紀明、四カ月になる友理をおぶって出かけました。長男の明児が亡くなって半年後のことでした。

芸術一筋のパパが、赤紙に動ずることもなく勇気を出して行けたのは、一番可愛がっていた明児が亡くなるという大変なショックの後だったので、もうあれ以上の苦しみはないという思いがあったからのようです。

「矢でも鉄砲でも飛んできたらいい。こわいものなんかないんだから」

とヤケッパチにいって出征して行きました。

私もパパのその気持ちに対して、まだほかに三人の子どもがいるのになどとはつゆほどにも思いませんでした。

話は横道にそれましたけれど、残った三人の子とお母さまと面会場所の赤坂の小学校校庭へ出かけました。大勢の兵隊さんの中から子どもたちはいち早くパパを見つけると、「パパ！」と駆け寄って行きました。

丸坊主のクリクリ頭でゲートルをつけ地下足袋をはいて、腰の横にビール瓶をぶらさげてました。

私はパパの姿を見た時から、ただ泣いてばかりいました。

「日本の妻は、夫を見送るのに泣くもんじゃないよ」

江戸っ子の母に何度も叱られました。

あのステージの上のスマートな燕尾服姿に比べてなんという変わりようなのでしょう。でも、そんなことは外見的なことだからどうでもいいのです。

好き嫌いがはげしく、肉は豚も鶏もだめで牛肉だけ、魚も大嫌いという人が、どうやって軍隊生活になじんでゆくのでしょう。苦労するのは目に見えていました。私はそれを思うと涙が止まらないのです。

三時間はほんとうに短く過ぎ、もうお別れの時です。

「じゃあ」

とパパはいい、私の用意した小さな荷物を喜んで受け取ると、どこかの集合場所へ行ってしまいました。私は涙の顔を恥ずかしげもなく上げて、ボーッと見送るばかりでした。

ふと、階級の上らしい兵隊さんが私の傍に来て、

「今日の夕方、品川駅から列車に乗ります。品川駅に行けばもう一度お会いになれますよ」

と、そっと教えてくれたのです。感情を抑えて立派にふるまっていらっしゃるほかの奥さんに比べ、泣いてばかりいる私が哀れに見えたのでしょう。

パパの姿が遠のきかけた時、手拭いを渡すのを忘れたことに気づきました。

「パパ」と追いかけようとすると、すぐ傍の兵隊さんが「届けてあげましょう」、そういって手拭いを私から受け取ろうとします。

「いいです。私が持って行きますから」

横から母がさっと手拭いを取ると、

「守さんや守さんや」

そう呼びかけながら小走りに追いかけて渡しに行きました。

私には、走って行って手拭いを渡す気力なぞ残っていないのでした。

帰ってきた母は、

「朝子さん、わたしゃ手拭い一本だってだまされて人にとられやしませんよ」

確かにあのころは手拭い一本といえども貴重なものでしたけれど、あの場所で人の手拭いをだまし取る人がいたのだろうかと、今も不思議な気がします。

母と別れて、私と子どもたち三人は品川駅に着きました。事情を知っている人たちもいて、駅には何十人かの人が、人待ち顔で集まっていました。

しだいに暮色が濃くなり、やがて夜が訪れようとする七時近く、遠くからザクザクという靴音が近づいて来て、何百人という兵隊さんが整列して、ぼっと暗くなった構内に入って来たのです。

足音だけで顔の見分けがつきません。あちこちでただ人のざわめいている声が聞こえてきます。でも私がこんなところで〝パパ〟などと呼んだら、それこそぶんなぐられてしまうでしょう。兵隊さんの列の横について子どもたちの手を引き、はぐれないように夢中で歩きました。顔を確認しようにも手だてもなく、「必ず見つかる、必ず見つかる」と自分にいい聞かせながら、ただ必死で歩くだけでした。

その時、突然徹子が悲鳴をあげました。

「キャー‼　ママ！　ママ！」

ドブに片足を取られてころんでしまったのでした。大変と思った瞬間、

「トット助！」

パパのいつも徹子を呼ぶ声が列の中から聞こえてきたのです。

ほんとに偶然でした。私たちはパパのすぐ近くを歩いていたのです。子どもたちも私も、パパの手にすがりついて歩いて行きました。とても温かい力づよい手でした。思い出しても奇跡としかいいようのない出会いでした。そしてパパは、外が真っ暗になるころ、軍用列車に乗せられてどこかに行ってしまったのです。

その後、北支に行き、北朝鮮に戻り、シベリアの捕虜になって足かけ七年の歳月が過ぎました。パパは苛酷な条件の中を無事に生きのび、昭和二十四年十二月末に、幸いにも日本に帰ってこられたのです。

生きているのか、死んでいるのか、まったく消息の分からない夫を待つのはつらいことです。しかし、待っていたのは私だけではありません。家庭の事情によっては夫をあきらめて、その弟さんと結婚し、子どももできたころになって、ひょっこり前の夫が戻って来た、などという悲劇も日常的に聞かれた時代でした。歴史の波に翻弄された女の人も、数知れないのです。

はっきり意識していたわけではありませんが、夫の代わりはあっても、子どもの父

親のかけがえはないからと、漠然とそんなふうに考えて待っていたように思います。家庭も私の働きで何とか暮らせる状態にありました。

「銃後」を守った私たちにもいろいろな困難と苦労がありましたが、子どもたちはみんな元気で成長し、男の子にとって一番父親が必要な時にパパは帰って来てくれたのです。ありがたいことでした。

パパは、復員して一週間もたたないうちに、東京交響楽団のコンサートマスターとして迎えられました。労働でゴツゴツになった指を嘆きながら、それでもこんなに早く、自分の道に戻れたパパはほんとうに幸せな人でした。

お灸だけはやめてくれ

パパは江戸っ子で、本所の医者の四男として生まれました。お父さまは、本所教会の長老までした熱心なクリスチャンだったそうです。

パパはなかなかの腕白で、ずいぶん両親の手をやかせたものだとよく話していました。躾《しつけ》のきびしい家で、お父さまが往診から帰って玄関の外で車夫の「お帰り！」と

いう声がすると、お母さま、子どもたち、書生さんからお手伝いさんまで全員が、玄関にズラリと並び、板の間に両手をついて、

「お帰りなさい」

と出迎えたそうです。

近所に駄菓子屋さんがあって、トコロテンやミツマメなどを五銭ぐらいで売っていました。パパはそれが食べたいのですが、医者であるお父さまは不潔だからと許してはくれません。店のすみでこっそり隠れて食べたところ、たまたま人力車で店の前を通ったお父さまからは、店の中がまるまる見下ろせるわけで、たちまち見つかってしまったのでした。

家に帰るとお父さまの前に呼び出され、文字どおりお灸をすえられて、熱さにこらえきれずに、「ごめんなさい。もうしませんから」と泣き叫んであやまったということです。

三人男兄弟の真ん中、他の二人が静かでおとなしいのに、パパだけが腕白坊主で、次から次へと、さまざまないたずらをしでかしました。

家が両国の近くなので、近所に相撲部屋が何軒もありました。その辺りは水質が悪くて、そのままでは使えず、どの家にも水漉しといって、小石やそれより大きめの石、

そして砂、しゅろの葉などを順序よく敷き重ねて、水を濾過するタンクのようなものが置いてありました。パパにはそれがどんなに大切なものか分からなかったのでしょう。ある相撲部屋の水漉しの中のものをみんな取り出して、グシャグシャにしてしまったから大変です。きちんと重ね直してきれいな水が流れるようにするには何日間かの日数が必要なのです。

どこで聞いたのか、犯人がパパたちであることを知って、

「坊主を出せ」

と大きな体のお相撲さんがどなり込んできました。お母さまが平あやまりにあやまって、お酒とお寿司を届け、やっと許してもらったこともあったそうです。そしてまた、罰としてお灸をすえられるわけです。

古着屋さんの子どもが、いじめっ子だったのに腹を立て、水を口にふくんで、並んでいる商品の古着にプーッと霧を吹いて逃げたり、お兄さんがいじめられて帰ってくれば、兄の仇とばかり相手をぶんなぐってタンコブをたくさん作ってお返しをし、そのお母さまに怒られたり、もう数えたらきりがないぐらい。そしてまたまたお灸。

小学校の間は遅刻の常習犯。六年間、一時間目の授業をまともに受けたことがないといいますから、立派なものです。一時間目の授業が終わるまで、いつも後ろに立た

されていたそうです。

お父さまがパパの七歳ぐらいの時に亡くなったため、十二歳で三越に入りました。当時、三越には音楽隊があって、クラシック音楽を演奏していたのです。パパはそこで、バイオリンの本格的な演奏を学ぶことになるのです。男が音楽をやるなどもってのほか、と親戚中に反対されても、自分で選んだこの道を、パパは一筋に歩みつづけたわけです。

晩年、足腰が痛くなった時、

「パパ、お灸がよくきくそうよ、やってみたらどうかしら」

といいますと、

「小さい時の恨み重なるお灸だよ、それだけはかんべんしてくれよ！」

両手をこすり合わせて、本気になって、拝むまねをしました。

江戸っ子とえぞっ子

パパのお母さま、つまり私のお姑さんは、女優の沢村貞子さんと山本陽子さんを合わせたような、とても美しい人でした。ちょっとした仕草やものいいは、沢村さんにとてもよく似ていました。

　きれい好きで、子どもたちにも毎晩パリッとのりのついた浴衣の寝巻きに着替えさせていたそうです。ですからパパもいつもきちんとしていました。みだしなみよく、ボタンをいいかげんにはめたり、靴下をはかずに素足で家にいることもありません。どなる時の声は大声でも、大笑いするとか、裸でいたとか、しまりなく座ってお酒を呑んでいたことなども見たことがありません。浴衣の袖を肩までめくって、うちわをパタパタやりながら縁台将棋、といういわゆる下町の男の人のイメージとは、江戸っ子といっても少し違っていたようです。

　パパのお父さまも、なかなか端然とした方だったようです。

　冬の夜など、小さい手あぶり、火鉢のことですけれど、それを机の横に置いて、見台という本をのせる小さな台の前に敷かれた座布団に正座して、片手を火鉢にかざし、片一方の手はきちんとひざの上に置いて、本を読んでおいでだったそうです。長崎で蘭学を学び、医学を修めた方だといいます。

　私の父も医者でした。仙台の、いまは国立大学の医学部になっていますが、そのころは医学専門学校と呼んでいたところで学びました。パパのお父さまは、私の父より二十五歳も年上でしたので、蘭学を学ぶ時代に青年のころをお過ごしになったんですね。

お母さまが私たちの家にいらっしゃる時は、いつも黒紋付きの羽織を着て、お財布の中には余分な使わないお札を一枚入れてあるということでした。

私たちの家の近くには、パパのいるオーケストラ・新交響楽団——今のN響——の人たちも住んでいました。その方たちが自分の姿を見かけるかもしれない。そんな時きたない格好をしていたのでは、息子が恥ずかしい思いをしてかわいそうだから、いつもきちんと黒紋付きで来るのだ、といっていました。

また、財布の中のお札は、人間いつどこで交通事故にあわないともかぎらないし、倒れてしまうことだってある、そのとき財布の中が空っぽでは、子どもが笑われるからとおっしゃるのです。

そんなお母さまの黒紋付きに比べ、私の母のなんと頓着しないことか。子どもたちのお古の洋服をゾロゾロと着て、長いスカートの上に短いスカートを重ねてはいています。セーターにしても同じことで、長袖の上に半袖、温かくしていられれば長かろうが短かろうが、別に気にはならないふうでした。

小柄な人でしたので、足も小さく、私たちの靴をはくとガブガブなのです。そこで、厚ぼったい私たちのお古の靴下などをはいて、サイズを合わせているのでした。それはまさに今のニューファッション、重ね着ルック風の超モダン？　な装いでした。

黒柳のお母さまを、小またの切れ上がった女とすると、私の母は小またの切れ下がった女の代表です。そんな言葉があるかどうか知りませんけれど。とにかく母は少しお金があれば教会に献金してしまうので、財布の中はいつもカラッポでした。

雨が一週間も降り続いて、やっと晴れたある日、私は朝から大忙しでした。子どもたちの洗濯物が山のようです。オムツも何十枚もあります。小さな庭にロープを何本も渡して洗濯物を次々と干していきました。久し振りの太陽の光の中で、小さなパンツやシャツやオムツが楽しそうに揺れています。

小さな庭のささやかな植え込みは、洗濯物の陰になって、まるで見えなくなってしまっていました。

そこへたまたま来合わせたお母さまは、

「おやおや、お庭がだいなしだねェ」

と、がっかりしたようすですけれど、

「そうなんですよ、なにしろ洗濯物がたまっちゃって、どうしようもないんですもの」

庭のことなど、とんと気にならない私なのです。

同じように、洗濯物のはためいている晴れた日に、私の母が庭から入って来たことがあります。来るなり、庭いっぱいの洗濯物を見て、

「マア、この洗濯物、あなた一人で洗ったの、大変だったわねェ」

と、息をつめて眺めているのでした。

まるで生活感覚の違う、それぞれの母に育てられた私たちです。毎日の明け暮れにも、さまざまな違いが出てくるのは当然。どちらも我慢することの苦手な性格ですから始末が悪いのです。大声で主張しあい、争いあいながら、それでも五十三年間、結婚生活を続けたのですから、顧みれば、わがことながら驚嘆してしまいます。何事にも洗練されている江戸っ子の生活から見れば、私のようなえぞっ子のそれはひどいものだったかもしれません。

のりのついた寝巻きを、毎夜着替えさせられたパパの幼いころに比べて、わが家では毎日肌着を取り替えることもありません。そのころは、みんな銭湯に行っていました。二、三日に一度の銭湯の時に替えるくらいでした。

毎年冬になると、私は白いネル地を買ってきて、家中のパンツを手縫いで仕立てて着せていました。パパのも作りました。当時、男物はさるまたといってウエストのと

ころにひもが通してあって、いちいち結んだりほどいたりしなければなりませんでしたが、私の手作りのパンツはゴムが入っているので、脱ぎ着がとても楽なのです。パパも、これははきやすいと気に入ってはいてくれていました。

パパが銭湯に行くときは、洗面器に石鹸、タオル、そして着替えの下着と、一式そろえて渡します。パパは子どもの手を引いて、楽しそうに出かけて行きます。その日も、いつものように準備して持っていってもらいました。さて、パパはご機嫌で風呂からあがり、下着をつけました。と、それはなんと、もものところにもゴムの入った私用のズロースではありませんか。ほかに着替えがあるわけじゃなし、はき替えもなりません。パパは大急ぎで周りを見まわし、だれにも見られないうちにと、大あわてにあわててズボンをはいたそうです。

「まったくもう、マイッタヨ」

それから銭湯に行くたびに、パパはいいます。

「ぼくのパンツ、間違えないでよ」

とか、

「今日は大丈夫だろうね」

と念を押しました。

「何よ、たかがパンツぐらいで大騒ぎすることないじゃないの」

申し訳なさ半分、おかしさ半分で、私は威張っていい返していましたけれど、おしゃれな江戸っ子のパパとしては、たまらなく恥ずかしい一瞬だったと思いますよ。

冬の寒い時、みんなの洗濯物を、手を真っ赤にしながらゴシゴシ、ジャブジャブ洗います。チラチラ雪など降ってくれば、家の中の廊下といわず、部屋といわずロープを張って、洗ったたくさんの洗濯物を並べて干しました。洗濯物のノレンの下で生活しているようでした。

「北海道はいつもこうなのよ。洗濯して干すことさえ大変なんですもの」

といいますと、パパいわく、

「洗う時もあンのかよ、北海道は冬になると寒いもんだから、着たら最後、雪がとけるまで着替えないんじゃないか」

私はおかしくなって、座り込んで笑い出してしまいました。

パパはにくまれ口のつもりでも、当たらずといえども遠からず。洗濯機のない六十年も前の、寒い北海道の生活のことですから、今のようにこまめに洗濯をしていられなかったのは、ほんとうでしたから。

結婚して同じ屋根の下で暮らしながら、二人ともお互いに生きやすいように生活してきたという思いがあります。私は、最少の労力でできるだけ多くの効果をあげるように、ちょっと手を抜いてみたり、ちょっとズルをしてみたりしながら、生きてきたようです。パパのほうはすべて手抜きなしの完璧主義者でした。

パパは晩年入院して、病状の重い時でも自分でトイレに立ち、入れ歯もはずさず、靴下も脱がず、亡くなる日の朝も自分の顔を鏡に写してみて、爪を自分で切り、身辺をみごとにきれいにして、神のもとに旅立ちました。江戸っ子の鑑《かがみ》、ほんとのおしゃれだったんだと、今にして思うのです。

私はきっと、入れ歯をはずしてベッドのそばに置き、体の自由がきかない時は、当然のこととおまるをゆうゆうと使い、身だしなみなど二の次で、そのくせみんなに「さよなら」なんてはでに手を振って旅立つのじゃないかしら、と思っているのです。

テイノロバー

最近はあまり使われなくなりましたが、私の若いころに、サイノロジーという言葉がありました。亭主が奥さんを、つまり、妻《さい》のノロケをいうことを表現した言葉です。

こんな言葉がよく使われたところをみると、昔の旦那さま方は、亭主関白と威張りながらも案外奥さんを大事にしていたのかもしれませんね。

テイノロバーのほうですが、これはサイノロジーの反対の言葉、ご亭主さまをノロケる時に、こんな言葉を使ったらどうかしらん。私製の言葉なので辞書には絶対にない言葉なんですけど……。

パパが優れたバイオリン演奏家であったこと、誰にも負けないほどバイオリンを愛した人であったことの証を、何かのかたちで残しておきたい。そんな思いが私の中に芽ばえたのは、パパから次のような話を聞いた時からだったと思います。

ある日、パパは仕事の合間に銀座のある楽器店に立ち寄りました。そこはレコードや各種の楽器を扱う大きな店でした。パパには、優美な曲線を見せて並ぶバイオリンを眺めていることが、何よりもやすらぎになったのです。

呼び止められて振り返ると、若い有名なバイオリンのソリストの方でした。しばらく立ち話をした後で彼は、

「先生、ちょっとお待ちいただけますか」

といい、横の棚にたくさん並んだレコードの中から店員に二枚のレコードを出してもらい、見ている前でさらさらと自分のレコードにサインをして、それを店員に包装

させ、

「お邪魔でしょうがお持ちくださいませんか」

そういってパパに渡してくださったそうです。

「その格好のよかったこと、僕も一度あんなことがしてみたかったなァ」

と、帰ってきてつくづく羨ましそうに話しました。

パパはN響のコンサートマスターを務めたり、カルテットを編成したりはしたのですが、レコードはありません。当時はレコードをつくるということはあまりありませんでした。音楽に理解のある環境で、本格的にバイオリンのレッスンをし、外国にも留学して厳しい指導を受けていれば、きっと卓越したソリストになっていたと信じるのです。でも、なにしろ日本では、やっとオーケストラの草創期のころのことです。ソリストの育つ土壌は整っていない時代でした。パパは、早く生まれ過ぎたようです。ほんとに気の毒なくらいなのです。

「パパも小さい時から英才教育を受けて、外国に留学していたら、素晴らしいソリストになっていたと思うわ」

「そうだなあ」

「でもねェ、外国で一人で勉強していたら、淋しがりやのパパのことだもの、女性の魅力にほだされて、身をほろぼしたかもね」

「うん、そうだなあ、きっとそうだよ」

まったく素直に同感され、私は拍子抜けして思わず噴き出してしまいました。

それ以来、私は心の中で、パパの音楽を伝えよう、何かパパにしてあげられることはないかとずうっと思い続けていたのです。

そうはいっても、楽器屋さんでの出来事をパパと話すことは二度とありませんでした、喧嘩でもしようものなら、私は何でこんなわからず屋のパパのために、何かしてあげようなんて考えなければいけないのかしら、ああ馬鹿馬鹿しい！　やめた、やめた！　といった具合で、話は先に進みません。

パパは、バイオリンコンクールの審査員でもありました。若い人々が育っていくのをとても喜び、クラシック音楽に対する理解が広まってゆくのが何よりうれしいと、いつも話していました。

昨今のコンクールには、審査員も舌をまくほど、技術的にも音楽的にも優れた才能の芽を持った若い人たちが続々と登場しています。そして、世界に大きくはばたいていく時代になりました。ほんとに恵まれた時代だと思います。

数年前、気がついてみたら、子どもたちはみんな独立してくれていました。パパと私のことのほかは、あまり思いわずらうこともなくなっていたのです。私は子どもたちに、バイオリンコンクールの際に、黒柳賞というのを設けたいがどうか、という相談をしたのです。

「私たちの今後の生活は、どうにか暮らせればいいし、貧しくても耐えられるし、あなたたちには迷惑をかけないように頑張りましょう。だからぜひ、これから、バイオリニストを目指す若い人たちの励みになるように、また今後ますます日本の音楽が世界に誇れる秀れたものに発展していくよう願うパパの気持ちが、若い人々に通うように、黒柳賞として残したいのよ。あなたたちも協力してパパ孝行してみない」

と話したのです。

子どもたちは賛成してくれました。関係者の方々の温かいご配慮やご協力を得て、私の夢は実りました。この計画が本決まりになるまで、パパには知らせずにおきました。後になって、この知らせを聞いた時のパパはとてもテレくさそうでした。

一九八二年の毎日コンクールのバイオリン部門優勝者と、国際音楽コンクールの海外派遣一位の方に、第一回黒柳守綱賞は贈られました。パパは、つらい修業を重ねて今日の栄冠を手にした演奏者を、いとおしそうに、抱きしめてあげたいほどのまなざしで見守っているのでした。

パパが亡くなったのは、それから半年後のことでした。

今年もまた、黒柳賞はそれぞれのコンクールの優勝者二名に贈られました。そして永久に続くのです。前途ある若い方々に純粋に謙虚にバイオリンを愛したパパの心を受けていただきたいと思っています。

とまあこんなわけで、サイノロジーの反対のテイノロバーの意味が、お分かりになりまして？

音楽のためなら我慢したパパ

パパは七十五歳で亡くなるまで純粋に、バイオリンを一筋に愛して、生きてきました。

バイオリン奏者になったことを心から喜び感謝し、そして自慢げでした。

どんな人でも、自分の仕事に自信をなくしたり、ほかにもっと自分に向いた天職があったのではないかと迷ったりする時が、一度や二度はあると思うのですが、パパには絶対にそのようなことはなかったのです。

毎日毎日、練習練習の連続でしたけれど、音を出していない時には、バイオリンをなめるように、さするように話しかけながら拭いていました。病気になっても動けるうちは、左手にバイオリンのネックを持ち上げ、右手に古いガーゼのハンカチか、やわらかいなめし革で、右を拭き、左を拭き、裏を返し、横をながめながらなでさすり、飽きることがありませんでした。

演奏することはもちろん好きでしたけれど、バイオリンという楽器そのものが、ほんとうに好きだったようです。また鑑定にも鋭い目を持っていました。

十五年ほど前、ロサンゼルスの楽器屋さんでのことです。百個ほども並んだバイオリンの中の一つを指して、ちょっと見せてくださいと手に取り、

「これはいくらですか」

と聞きました。楽器屋のご主人は驚いた表情で、

「あれを選ばれるなんぞ、お客さんは目が高くていらっしゃる」

といいました。お値段は六百五十万円。とても買える金額ではありません。パパは黙ってバイオリンをなでていましたが、

「ここにキズがなかったらなあ」

「旦那、キズがなかったら、千五百万円でも売りませんよ」

どの写真もパパは私の肩に手をかけています。
バイオリンと私をひたすら愛したパパ。

ほんとうにそうなんです。キズがあってもいいから手元に置いておきたい、ストラディバリウスでしたが、私たちにとっては、気の遠くなるようなお値段でした。パパがかわいそうでした。私にお金があったら買ってあげたいと思いました。

今のように、クラシック音楽が一般の生活になじんでいなかった時代、楽団員はオーケストラだけで生活してはいけませんでした。そこで実業と称して、レコード会社に専属し、流行歌手の伴奏をして生活費を捻出していたのです。

パパもそうでした。長いことコロムビアレコードの専属でした。伴奏とひと口にいっても、なかなかしんどいものだったようです。

歌手によって、簡単に終わる人もいますが、何度もやり直しをしなければならない人もいます。伴奏のリハーサルも何度もやります。何回もやり直してはプレーバックを聞いて、また先に進むというようにしてレコーディングは進んで行きます。

歌手の方が歌詞を間違えたり、ちょっと咳が入ったりしてやり直しが続くと、一番先にイライラし出すのはパパだったようです。

時には三味線が入ることもあります。当時、豊吉さんという三味線の名手がいらっしゃいました。この方の三味線にはパパもとても感心していたのですが、ある時、豊吉さんがこんなことを話されたそうです。

「うちの弟子がレコーディングに来た時、バイオリンの席に黒柳さんが座っていると、アッ、コワイ！　と思うらしく、ふるえるんですよ」

もちろん豊吉さん自身がNGを出してやり直しなんてことは、ほとんどなかったようです。

ある時、レコーディング中のパパに用事ができて、コロムビアまで出かけたことがあります。パパの仕事がすむまで、通称、金魚鉢と呼ばれるモニタールームの隅に座っていました。その日は小品のアンサンブルをレコーディングしていたと思います。何度も何度もやり直しです。私がそこにいるとも知らないで、スタッフの方々が話しています。

「そろそろ黒柳さんの顔がピリピリしてくるから、この次よかったらOKしましょう」

「いや今日は大丈夫。冨田さんの曲だし、クロさんは彼の曲をものすごくかっているから心配ないよ」

現在、シンセサイザーの第一人者、冨田勲さんがデビューして間もないころのことです。

カルテットの練習も、熱の入ったものでした。月に一度か二度NHKに出ていたのですが、その練習の場は、ほとんどわが家でした。お互いに演奏上のこと、音楽の解釈のことなど、意見を出し合いながらよりよいアンサンブルを作り上げてゆくのです。

「クロさん、そこは、そんなふうにではなく」

とか、

「やっぱり、クロさんのやり方がいいかな」

などと、ほかのパートの方から声がかかるたびに、私はヒヤヒヤしていました。気の短いパパのこと、

「ヤメタ！」

とバイオリンを放り投げるのではないかと心配しました。パパの顔が蒼白になり、こめかみのあたりに筋が立ってきて、神経がピリピリしているのが分かります。けれどもパパは決して癇癪を起こすことはありませんでした。我慢に我慢をして素晴らしい音楽に仕上げてゆきました。

　家庭のパパを知っている私には驚きでした。これがプロというものかと感動したものです。同じ音楽にかかわっていても、私のようなお嬢さん芸とはまるで違うのです。

　終わってから「よく我慢したわねえ」というと、「当たり前だよ」と答えます。いい音楽のためには、どんな口惜しさにも屈辱にも耐えられる人だったのです。純

粋に音楽を愛していました。口を開けば喧嘩してしまう私たちでしたけれど、こと音楽に関しては、私は絶対に口出ししませんでした。

愛情の表現が違っていた私たち

私たちの天使、長男の明児が、まだ小学五年生の幼さで亡くなってしまったあの出来事は、今でも夢だったと思うのです。パパも私も、もう茫然として何をする気力もなくなり、本当に悲しい思いをしました。

学校で体操の時間に膝にボールが当たったのが引き金になったのでしょうか、その夜から発熱、急性リューマチスから敗血症になったのです。戦争が激しくなり、食糧、医薬品すべて不自由な時代でした。膝の手術をしても容態はよくならず、高熱にうなされ、痛みは増すばかりでした。

パパは仕事が終わると、まっしぐらに帰って看病していました。親にとって、子どもの病気ほどつらいものはありません。患部を冷やし、頭を冷やして、わずかでも苦痛が取り除ければとただ祈るばかりでした。

亡くなる晩のこと、明ちゃんは、「僕、お祈りするね」といいました。

「神さま、僕は天国に行きますけれど、どうぞ、お家のみんなが幸せに暮らせますようにしてください」

それから、両手をパパの襟首にしっかりと握り合わせて、

「パパはバイオリンを教えてくれた時、とても怒ったりしたけれど、僕のバイオリンがうまくなるようにしたくて怒ったんだから、ちっともうらんでなんかいないよ」

といいました。

そしてとうとう明ちゃんは亡くなりました。私は、近所の方から明ちゃんにお供えしてくださいといただくものがあっても、とてもそんな気になれず、庭に放り投げてしまうのでした。そんな私をなだめながらパパは写真に水をあげ、珍しい食べ物などがあると供えたりしているのです。私は、

「パパ、よく明ちゃんの写真が見られるわね」

となじりました。

私は、四十三年の歳月を過ごした今でも、明ちゃんの写真を見るのはつらいのです。パパが明ちゃんの話をし始めると耳をふさいでしまうのでした。そして賢かった明ちゃんの思い出を生き生きと話すパパをうらめしく思ったりしたものでした。

でも、今思い返してみると、それがパパの愛情だったと分かるのです。人の愛情の表現にはいろいろな形があるものなのですね。今そのことを、とてもパパにすまなく、パパの気持ちを思いやる余裕のなかった自分を悲しく思うのです。

私たちはある点では、とても似た者夫婦だったと思いますが、愛情の示し方だけはまったく違っていました。

思い出しても顔が赤らむのですが、パパはよく私にさわりたがりました。そして、いつも「愛しているよ」とか「好きだよ」とかいうのです。私は人にふれられるということがあまり好きではありません。美容院で髪をいじられることさえ嫌なのです。そういう点、私は男性的なのでしょうか。でも、お料理や手芸、花をいじったりするのは大好きなのです。

ともかく、そんなわけで私はあまりパパの傍には行かないようにしていたのですが、あれは幼い子どもが母親にスキンシップを求めるのと同じように、パパ流の愛情を確かめる方法だったのでしょうか。彼は私に対しては、無垢で、一途に素直な面がありましたから。

ある時、パパが長年続けていた毎日新聞社主催の音楽コンクールの審査員が、多くなりすぎて縮小することになり、年長者だったパパはやめることになりました。その時の落胆ぶりは、まったく気の毒といってしまえるようなものではありませんでした。子どもたちの心に芽生えた音楽性が成長するのを手伝うことが、パパのしんからの楽しみであり、生き甲斐でもあったのですから。

私は、審査員の資格がなくても、子どもたちのコンクールは聞くことができるし、子どもたちの成長を励まし見守ることはできると、一生懸命慰めたものでした。それに、審査員の肩書とあなたのバイオリンは無関係なのだから……と。

喧嘩をする時の勢いは、そのままいたわる時の深さに早変わりです。そんな時、パパは私のいうことをとても素直に聞いてくれるのです。

私たちの間には、どこか子ども的で、時には友達同士のような関係があり、そしてパパは、母親に対するような感情で私に接していたように思います。これはどこの夫婦にもあることなのでしょうけれど、パパの場合は特に感情の波が激しかったということなのでしょう。

私の慰めを素直に聞いてくれたパパも、仕事のこととなるととても頑固になるから不思議です。パパの辞書には「食うため」という言葉がなかったようです。学校の講師をお願いしますとか、テレビでバイオリンの生徒を指導してくださいとか、仕事の口がかかるたびに、私はこれで老後が少しは楽になるかもしれないなどと思うのですが、彼は私の心中などにはおかまいなく、すべてお断りするのです。その時、パパはこういうのです。

「僕は音楽学校も出ていませんので、申し訳ございませんがそんな立派な仕事はお引き受けできないのです」

パパの芸術の素晴らしさを信じている私は、歯がゆい思いで聞きながら、お櫃《ひっ》の底を思い、ため息をついたものでした。

嫌な仕事に対しては、ことほどさように頑固に断り続けたパパは、反対に自分の信ずることには何の屈託もなく行動するのです。

辞めさせられた毎日新聞社主催の音楽コンクールの予選の日も、ふだんのように
「聞きに行ってくるよ」と一人で出かけて行くのにはまったく驚きました。

日比谷公会堂で行われる最終審査の日なら、観客も大勢でパパが聞きに行っても目立たないでしょうが、予選は小さなホールで行われます。聴衆もほとんどが審査員とコンクールに参加する人の父兄だけです。私はパパが、かつての同僚の審査員と顔を合わせでもして恥ずかしい思いをしたり、淋しく感じたりするのではないかと、たまらない気持ちでした。そんな思いの私に、帰って来たパパは、

「子どもたちの演奏を聞くのに何の資格がいるのかね」

というのです。パパの後ろ姿が、その時ほど頼もしく思えたことはありませんでした。きっと紙と鉛筆を持った審査員の方たちにお会いしても「やあ」といつものように挨拶をかわしたことでしょう。

そうして何年間か、パパは毎年通い続けたのです。そんなパパの姿に、私は頭が下がりました。

パパは完璧にプロでした。そして、ただ単純に音楽が好きというだけだった私は、子育て専門になってしまいました。もっともこれは、おかげさまで、というべきかもしれませんね。

そうして五十年余りが過ぎました。パパは先に逝って、私は後に残りました。ハイドンのシンフォニー「告別」は、曲の終わりが近づくと、オーケストラのメンバーが一人ずつ舞台から消えてゆき、最後に指揮者が去って誰もいなくなります。パパが死んだ時、ふとそんなシーンが思い浮かんできたのでした。やがて私もいなくなってしまうのです。その後に子どもたちが立っているのでしょうか。

歯のない顔で大笑い

年をとってから、パパと二人で外出して帰って来ると、家に入るなりどちらからともなく、「つかれたねえ」といって靴を脱いで家に上がったものでした。

「出かけるのもいいけれど、家にいるのが一番楽ね」

「そうだなあ！」

この合いづちだけには実感がこもって……アァ夫婦なんだわ……と。

長い間生活を共にしている間に、ほかの誰よりも、子どもよりも近く近くなっているのを互いに感じ合っていたのです。

私は洋服を着替えて、靴下をぬぐ。普通はこれでわが家に落ち着いたという気分になるのですけれど、私は時々「かつら」を使用するので、それを帽子をぬぐように取ると、ああさっぱりしたと、自毛をときほぐします。それから、入れ歯を上も下もはずして洗い、なおさっぱりして、やっと落ち着くのです。

出かける時に取りちらかしたままにしていった居間を、ほんの少しだけ片付けて、そこに座って、熱いお茶を二人で飲みます。

ほっとくつろぐ二人を、ゆったりとした安堵感が包みます。小さな、どこにでもある、それだけにとても大切な幸せだったのですね。

ところで、この入れ歯なんですけれど、上下のうち、ことに下の入れ歯の具合が悪いのです。何度作ってもうまくいかなくて、つい無意識のうちにはずしてしまうのです。どこに置いたのやら分からなくなって探すこともしばしばです。下の歯だけですから、私の場合はものをいわないかぎり外見的には、はずしてもそう変わりはないのです。

いつか上下の歯をはずしてパパと話をしたことがあります。パパの気持ちを考えなかったわけではないけれど、もともと、パパの前でいい格好をしてお嫁さんにしてもらったわけじゃなし、いってみれば「掠奪された花嫁」なんですから、気が軽いのです。

「すごいオバアサンでしょう」

と、私は歯のない顔で大声で笑いました。

パパは江戸っ子で、たいへん身だしなみのよい人なのです。

「ママって、ずいぶん自信があるんだなあ」

私のあまりにアッケラカンとしたようすに、パパは注意するのも忘れて感嘆の声を発してしまったのでした。

私は話す時の声もとても大きいのです。

「そんな大きな声を出さなくても、ここは野良じゃないし、耳も悪くないんだから、聞こえるよ」

といわれるたび、

「ご先祖さまが野性的なうえに、北海道の開拓村で男の兄弟に囲まれて育ったんだから、大きな声の活発な女になったとしても不思議はないのよ」

と私はパパに話したものでしたが、このごろは老いたせいでしょうか、「自信があるんだなあ」と変な感心をしてくれたパパがいないせいでしょうか、大きな声を出すこともなく、静かにしていることが多くなりました。

夫婦が分かり合うということは

結婚生活をどういう形であれ、大過なく一生貫くというのはとても大変なことなんですね。お互いのことなど死ぬまでかかったって分からずじまいのような気がするのです。

パパはどんな小さなことも私に話さずにはいられない人で、私にしてみれば、すべて知りつくしていると思っていましたが、ほんとうのところは何も分かっていなかったようにも思えるのですね。人にいえない部分というのは誰にもあると思うし、たとえそれが妻であっても夫であっても話せないものは話せませんものね。パパにはパパの苦悩があったのかもしれないですね。

そういえば、パパは時々私に、

「ママみたいにイバッて暮らせたら幸福だろうなあ」

と本心らしくいう時がありました。

私は、大変なことはみんな一人で背負ってきたように思っていましたから、「そんなばかなあ」と笑いとばしていました。

事実、私は生活上のつらいことや面倒なことは何一つパパに気どられないようにして過ごしてきたつもりなのです。パパは私が外出するのをとても淋しがって嫌がりました。クラス会の通知などがくると「行くのか、行くのか」といって何カ月も前からご機嫌が悪くなるので一度も出かけなかったし、そういう種類の案内状はパパの目に触れる前に破って捨てるようにしていました。自分の買い物より常にパパの欲しいものを先に買ったし、お金の苦労などもちろんかけたことはないのですから……。

「旦那さまに何もかも相談して、たっぷり寄りかかって暮らしてみたいものだわ」

そう思って暮らしました。何しろお米がなければ食べなきゃいいという人に、母子五人寄りかかるわけにはいきませんから。

男の人にもいろんなタイプがあるようですけれど、パパはいつまでも子どもっぽさを残していて、女の私が寄りかかるのではなく、パパのほうが寄りかかってくるようにいつのまにかなっていました。そのパパが、

「ママのようにイバッて暮らせたら幸福だ」

とぼやくのですから、私ははたと困ってしまうのです。

私は生活上のもろもろを背負い込み過ぎたのかなという思いがあるんですけれど、誰でもみんなそれぞれの人生を歩んできて、それが一番自分に似合っていたと思いこませて、わが人生に納得するんでしょうか。徹子は私に、

「女として、ママくらい幸福な人はいないわよ、親孝行な子どもたちに囲まれて、いい友人をたくさん持って、まあいろいろあったでしょうけど、何といったってパパにあんなに愛されたんですもの」

そう、ほんとうに彼は私を愛していてくれました。そしてやはりパパは素晴らしい

人でした。パパはいつも、「今度生まれ変わってもママと結婚したいよ」といっていましたが、私は悪いけど別の人と結婚したいと思います。だってせっかく生まれ変わるのなら、違った人と違った体験をしたほうが面白いと思いますもの。パパ、ゴメンナサイ。

子どもは子ども、親は親

テープに吹き込まれていたイビキ

両親で協力して子どもを育てる、とはいっても、実際に子どもを育てるのは母親です。世のほとんどの父親は、忙しくて子どもの世話をする時間もないし、子育ては母親がすべきものと思っている男の人だって多いのですから。

子育ては、それがどんな子どもであれ、逃れようもなく親に課せられた義務なのです。

子どもにしたって、親を選ぶわけにはいかないのですから、それがどんな親だって、逃れようもなくその親の子でいなければならないのです。いってみれば、おあいこなのですけれど、子どもが親を思うよりは、親が子どもを愛するほうがはるかに本能的で、情けないほどに愛し続けて子どもを育てるのです。子どもの可能性も結論も分からないのに、ただひたすら、何の報酬も望まないで育てるのです。

他人さまに迷惑をかけない大人になるように、何か才能を持って生涯打ち込める仕事が探せるように、やさしく温かいお友達が持てるように、そして生活に不自由することのないように、有名になるように……。願いはきりなく広がって、子どもの小さいころは、とてつもなく大きな期待を抱いてしまったり、ということもあるようです。

さて、親は子どもの興味と好奇心を、どこでどう引き出したら現実に役立つようにできるのでしょう。とても難しいことです。

何かがあるはず、子どもの中に誰にも負けない才能が必ずあるはず、そう信じ、また自分と子どもを信ずることで、だましあやしながら、子どもと共に成長し、共に年をとってきたような気がします。

天才であっても、それは一パーセントの霊感と九九パーセントの汗の試練といわれます。たとえ天才といわれるほどの才能を持った子どもを与えられても、私などは、かえって途方にくれてしまったかもしれません。子どもを育てる母親は、骨も肉もバラバラになるほど苦しまなければならないものだと聞きました。とはいっても、母親の苦労だって我慢だって限界がありますもの。やはり天才を育てるのは、並の母親にはとてもとてもといった感じがありますね。

平均的優等生や、学業でも、何か芸術的な能力でも、水準以上の力を持った人たちは、天才ではないけれど、尊敬できる得難い努力家であることには違いありません。

子どもは遊びの中から人生を学ぶ、といわれています。とはいうものの、人並み優れた能力を身につけるには、小さい時からの努力の積み重ねが大切なわけで、子どもだからといってただ遊ばせておくというわけにはいきません。しかし一方で、児童期に身につけるべきことを、経験させずじまいにしてしまうというのは、大切なものを失わせてしまうような気がします。

人間、よく遊びよく学ぶなんて、そんなにうまくいくものでもないし、そのあたりに難しさがあるんですよね。好きなことを一生懸命やらせるのが理想といったところで、下手の横好きということだって、ずいぶんあるような気がしますもの。私の兄は、父が医者にしたくて東京の予備校に入れましたが、一生、小説ばかり書いていて、とうとうものにはなりませんでしたよ。書いた原稿用紙が自分の背たけぐらいもあるのを見ました。

上手に学ぶということは大事だけれど、その「上手」というのが、なかなか大変なのです。自分で気づくことがいいのだけれど、その自覚も、度が過ぎると劣等感の塊ということにもなりかねないのですから。

ある知人のことを思い出します。

彼は大変な努力家でした。生家が経済的に余裕がなかったこともあって、小さい時から計画を立てコツコツとお金を貯え、苦労に苦労を重ねて目的どおりにエール大学を卒業しました。今は商社に働いています。苦労をして目的を達成したのですから、ほんとうに立派だと思いますが、何かが欠けているといった印象なのです。大声で笑うでもなく、話すでもなく、悲しくてもおかしくても表情が同じで、嘆いているのか喜んでいるのか、人間的なふくらみが伝わってきません。

　本人の個性にもよりましょうが、あまり目的意識が強すぎて、人間として育てなければいけないゆとりの部分を削りすぎた生活が長く続いたせいかもしれないと感じるのです。奥さんもあり、子どもさんもいて、幸せなはずのご主人なのに、ちっとも幸せそうでなく、彼がそんなに苦労してきて現在があるのに、少しも生き生きしていないのが悲しいと思うのです。

　どんな立派な規則であれ、規則の枠の中に、自分をとじ込めてしまうのはよくありませんね。

　ついでにAさんのこともお話ししましょう。

　彼はパパのバイオリンの生徒さんでした。すごい才能を持っているけれど練習にあまり熱心ではなく、ずいぶんお母さんを手こずらせたものです。それでもバイオリン奏者としての才能は、キラキラとほの見えていました。突き指をするからやめるようにといっても、好きな野球は絶対やめないと、注意する母親に反抗することもあったようです。勉強にせよ、バイオリンの練習にせよ、こちらの思惑どおりにはいきません。それでもお母さんとしては、彼の才能を信じ、バイオリンの練習に対しては少し厳しかったのですが、あとは自由にさせておいたようです。

ある夏、Aさんの部屋から熱心にバイオリンの練習をしている音が聞こえるので、オヤツにと冷たい飲み物を用意して行ってみると、部屋はもぬけの殻、テープだけが延々と回っていたそうです。

Aさんはその後、アメリカのインディアナ大学の音楽部に学びましたが、成績が優秀だったので、すべてを奨学金でまかない、日本からの仕送りは受けなかったそうです。見事な成長ぶりです。よく学びよく遊び、楽しい家庭と友達に恵まれたAさんは、今はアメリカの名のあるオーケストラのコンサートマスターとして活躍しています。

話はそれますけれど、わが家の三男の貴之にも、これと似たようなことがありました。

とてもイビキのすごい子でした。昼間よく遊ぶので疲れるんだな、といつも思っていました。ところがある夜のことです。部屋の前の廊下を通りますと、イビキの合間にキキッキキッという変な音がします。ガラッと戸を開けてみると、案の定、主は留守、テープのイビキだったのです。見れば自転車もありません。心配で夜中に小一時間も探し歩きました。その息子も今は社会人ですが、十二、三歳ぐらいの男の子というのは、大人が考えられないようなことをしでかすものですね。

この年齢を過ぎると今度は極端に言葉数が少なくなり、母親には異性である男の子が分からなくなってきますもの。口出ししたいのを我慢して、あちらが何かを話しかけるなり、相談してくるなりしてきた時だけ、相手をするという受け身の立場に回らざるを得なくなり、遠くからハラハラ見守ること数年、やっと成人式を迎えるという仕組みなんですね。二十歳を過ぎるころから、少しずつつっぱりみたいなものがなくなってきます。

子どもを育てるというのは、ほんとうに難しいものです。

もって生まれた器量、強さ、弱さ、その他もろもろの個性があるのですから、それをその子なりに大事に育てていくのが子育て。あまりあれこれいじらず、迷わず、健康を与えられていたらそれに感謝して、子どもを愛して、子どもの将来を信じていれば、きっとそれなりの自分の道を見つけてくれるものと思うのです。どこの子も、その親がいなくならなければ、親の苦労のありがたさが分からないのは、代々順ぐりで、永久に続いていくことだと思っています。

一人おまけして買った自転車

貴之は私の五番目の子どもです。私が四十七歳の時、パパの熱烈な願いのもとに生まれたのです。

パパは子どもがとても好きでした。それも小さな子どもと遊ぶのが好きで、徹子たちが小さなころもよく相手をしては面白そうに遊んでいたものでした。

小さな赤ちゃんをお風呂に入れるのが楽しみで、また上手でした。耳をふき、首、わきの下など、ていねいに洗う手つきは、あぶなげもなく、器用なものでした。そうして育てた子どもたちが、成長して思春期を迎え、どこかよそよそしく遠慮がちに話などをするようになったので、淋しくなっていたからだったのでしょう、貴之の誕生を心から望んだのです。

私は自分の年齢を考えると、この子が五歳、十歳になった時、元気でいてやれるものかしらと心配で心もとない思いがありましたけれど、結局はみんなに祝福されて貴之は生まれました。

貴之は小学生のころになると、自転車を欲しがりました。

私は長男を亡くしていますし、高齢になって生まれた子どもですから、育児については相当憶病になっていました。新聞に子どもの事故が出ているのを読んだりすると、貴之も怪我をするのではないかと心配になり、おいそれと自転車を買ってやる気にはなれません。

彼は欲しくて欲しくてたまらないのですが、買ってもらえないものですから、近所の自転車を持っている子どものそばにくっついて、ちょっと乗せてもらうという毎日でした。

はては、掃除当番などで帰りの遅くなる子がいると、その子の家の庭先から、無断でちょっと自転車を借用し、乗り回すといった調子なのです。

そんなことを繰り返していたある日、同級生のお母さんが見えて、遠慮がちにおっしゃるのです。

「今のままでは、貴之君がかわいそうです。買っておあげになったほうが、いいのではないでしょうか。子どもは結構上手に乗りこなすものですから、そう心配なさらなくとも……」

私も買ってやりたいのはやまやまでしたから買うことにしました。ただ、子どもと約束を一つしたのです。一日一時間でも落ち着いて勉強し、成績を上げることができたら、その自信があったら買いましょうと。自転車に安全に乗るには、集中力や注意力が必要です。それを勉強することで危険が少しでも避けられたらと考えたのです。

彼は、

「ほんとう！　ぼく大丈夫だよ、やってみせるよ」

とうれしそうに、ぴょんぴょん跳びはねました。彼は、自信ありげに約束したのです。目標の順位は学年で十番というところで親子の意見が一致しました。

彼は毎日勉強しました。目指すはわが自転車なのですから、生き生きとして頑張ります。そして春から夏になり、七月の末の通信簿をいただく日がきました。学校から帰った彼はニヤニヤして私の前に立ち、

「ママ、お願いがあるんだけどなあ」

というのです。私は一瞬、目標達成ならずなのだと思い、ちょっぴりかわいそうになりました。

「ねえ、一人まけてよ。お願い」

「えっ？」

彼の順位は十一番だったのです。そのころの通信簿には、学年順位が書いてありました。

可愛いものですね。約束が違うからと一応の反対はしましたけれど、彼の頑張りを認めて一人おまけをすることにし、自転車を買ってやったのでした。

年ごろの子どもを持てば

——自分が産んで育てた子どものことです、その子のことなら、なんだって分かってますよ。体の調子はどうか、お腹をこわしていないか、熱はどうかしら。いま何を欲しがっているか、友達は誰で、なんて……みんな知っているし知っていなければいけないじゃありませんか、そうでしょう——

　こんな自負が母親にはあるものですよね。それが思春期にさしかかってくると、母親の自信もゆらぎはじめます。十七、八歳ごろにもなればいよいよで、何を考えているのやら、男の子だとなおさら女親にはかいもく見当がつかなくなってしまいます。

　小さい子どものころのように話もしてくれないし、そのくせ友人から電話はしょっちゅうくるし、手紙が配達されます。女の子からの手紙でもこようものなら、中を読みたくてしかたがないのに封はいかにもしっかり貼ってあり、一瞬、湯気で開けてみようかなどと、やかんを眺めてみたりします。

駄目だと分かってもすぐ渡さずに、未練がましく一日勝手に預かっておいて、翌日机の上に置いておきます。

その翌日、昨日渡した手紙がその辺にないものかと探してみるけれど、不用意に置いてあるはずもありません。

電話が鳴ります。

取り次ぎたくもないけれど、同じ学校の生徒さんでは、居留守を使うわけにもいかないのです。翌日、たちまちこちらのたくらみがばれてしまう危険が大ありですもの。一瞬のうちに母親の脳裏は、めまぐるしくはたらいて、やはりしかたがないと子どもにつなぐことにします。

わが家の電話は、あっちの部屋、こっちの部屋と三カ所で取れるようになっていたので、息子に取り次いでから、私の部屋の受話器をおもむろに取ります。

さて何を話すのかと聞き耳をたててみても、なんの話し声も聞こえなくて、はてなと思えば後ろから「ワッ」と当の息子が私の背中をたたいておどかします。

私は機械音痴なので、受話器を持ったままポカーンとして、次にどうしてこのような事態になったのかと忙しく考えます。私が盗聴しようと受話器をはずすと、その瞬間に息子には分かってしまうらしいのです。カタンと音がしたり、私の息遣いが入っていったりするのだとか。

時にはそっと私の後ろに来て、「キタナイことするなよ」と不機嫌にいわれてしまうこともあるのですから。ハシタナイ母親ではあります。大いに反省するわけです。

もう大人になりかかっているのだから、母親として何もかも知っている必要もないし、うるさくいえば、よけいに口をつぐんでしまうし、そろそろ子離れの時期と覚悟して淋しいけれどあきらめることにするのです。

いまや食べること、洗濯、お小遣いの時しか私には用事はないのだと覚悟します。

上が女の子で、友人のこと、学校のことなどをよく話してくれたので大方の見当はつきましたが、これが、男の子ばかり四人だったらどうなるのかしら。どんなに大変なことかと思い、男の子ばかりの母親である友人に聞いてみたら、彼女は、

「最初から男の子ばかりだから、比べることができないもの、こんなものだと思って育てちゃったわ」

とけろりとしているのです。

心のかかわりはともかくも、体のほうはつらいでしょう。洗濯一つとってみたところで、今のように洗濯機があるわけじゃないもの。そのうえ、そのころの男の子の衣

類ときたら、丈夫なようにゴツゴツしたものばかり。それをタライに入れ、かがみこんでゴシゴシやるのだから大変じゃないわけはないのです。手紙の中身が分からないぐらいでうろうろする私に比べたら、まったくたくましいものだと、ほんとに感心してしまいました。

徹子の大きなコブ

徹子の部屋には、大きなパパの写真が飾ってあります。バイオリンを持った若いころの姿で、とてもきれいに写っています。バイオリン一筋だったパパの澄んだ表情が徹子を見守っているようです。

パパが写真のように若く、徹子がまだ幼いころ、パパと徹子はよく遊びました。ふざけだすときりがなくなります。パパは子どもじみたところがあって、徹子が幼く自分がその父親であることを忘れてしまうのです。一緒になって喜び一緒におこります。そして最後には喧嘩になり、パパがどなり、徹子が泣き出すというのが、お定まりのコースなのでした。

その時は、徹子が高いところから飛び降りると、下でパパが受け止める遊びを何度も繰り返しやっていました。キャッキャッという徹子の高い笑い声が聞こえていました。

そのうち二人の騒ぐ声がやたらに大きくなってきたので、

「いい加減にやめないと、あぶないわよ」

と声をかけた瞬間のことでした。

徹子はパパにつかまらずに降りようとしたのでしょうか、台の端っこのほうから飛び降りたらしく、パパの手をすり抜けてベランダにすべり落ちてしまったのです。ホッペタとおでこをすりむいて、血がジクジクとにじみ出てきました。

パパは驚いて顔色を失っていました。

私は消毒したり薬をつけたり、手早く傷の手当てをしていましたが、つい、

「だからいわないこっちゃない。いつもこうなんだから」と腹立たしげにつぶやいたのです。

小さな声のつもりでした。が、何しろ私の声はもともと大きいのです。聞かせないつもりがパパの耳に入ったのですから大変です。パパは自分がこのような事態をひき起こしたと思うとどうしていいか分からずにただただいらいらしていたのでしょう。

私の声に向かってそのいらいらが爆発しました。

そばにあった備前焼の灰皿をつかむと、はっしと私に投げつけたのです。それが私に当たらずに膝のうえにいた徹子のおでこに当たってしまいました。徹子こそいい迷惑、泣きっ面にハチです。キャーッと泣き出す間もなく、徹子のおでこはみるみるふくらんで大きなコブができたのでした。私はもうものもいわずに冷たいタオルでおでこを冷やし続けました。

そのことを徹子はよく覚えているといいます。あれは徹子が四歳ぐらいのころだったでしょうか。

写真のパパはなんと穏やかな顔をしているのでしょう。

タンコブのことなど気にもせず、ただただ懐かしがってくれる、子どもの心がとてもありがたいとしみじみ思っています。

明ちゃんの貯金箱

「ママ、これ、ほらこれが帰ってきたのよ」

徹子が興奮した声とともに、届けてくれたものがあります。

それは古ぼけた、小さな素焼きのまねき猫の貯金箱でした。お金の投入口の脇に、「黒柳明児」と、亡くなった長男の名前が書いてあります。私の記憶のはるか遠くに小さな点のようになってその貯金箱の面影が残っていました。

「明ちゃんの貯金箱！」

遠くに過ぎた時間が一気に手繰り寄せられて、胸にせりあげてくる思いがあります。

明児は十一月三日に生まれました。

徹子のすぐの弟です。

菊の花の香る明治節のその当日に生まれたので、パパと私は、明治という字を使った名前にしようと決めて区役所に行きました。ところが「明治」という文字は、天皇陛下のおくり名になってしまったので使えないというのです。お菓子や牛乳の名前には使っているではないですかといえば、そのころはまだ陛下はお元気でいらしたからできたので、陛下のおかくれになった今は、使えないのだということでした。

そんないきさつのあった後、パパと私は、「明児」という名前に決めました。明治という字づらより、明るくのびやかなイメージがあって、私たち二人はこの名前もとても気に入ったのです。

明児は色白でスベスベしたとても肌のきれいな子どもでした。

パパはもう夢中で、あけてもくれても、明ちゃん、明ちゃん。パパが座っている時はいつもその膝の中にいました。

三歳になった時、家族連れでスキーに出かけました。スキーシーズンとはいっても今のような混雑はありませんから、子どもでも危険はありません。一日中すべって翌日にはもう上手になって、二歳年上のお姉さんである徹子に「まわる時はこうやって肩と腕を使うとうまくまわれるよ」などと教えていました。
四、五歳になると一人で本も読めるようになりましたし、また、活発でした。腕白なことはパパ似で、よく近所の子と喧嘩をしました。
「明ちゃんがやったんだァ」という声に私は飛び出して、泣いている子のご機嫌を取り、あやまることもたびたびでした。正義感の強い子でそれには必ず彼なりの理由がありました。

とても元気で、病気もせず成長しました。バイオリンも大好きで、パパの注意を嫌がりもせず、真面目によく練習していました。パパは、明児は天才だナァなどと手放しの喜びようでした。

泳ぎも上手でした。パパは、ほかの運動はまったくだめな人でしたが泳ぎは見事で、小学校五年の遠泳大会では、六年生や中学生を抜いて一等賞で、六年生の時はすでに助教授の免許をとったという腕前だったのです。

ですから、明児にも水泳をというわけで早くから水に親しませて、二人で楽しんでいました。蛙の子は蛙なのでしょうか、そのころ、青山師範学校の付属小学校に入った明児も、プール大会ではいつも一等で、ノートや鉛筆などたくさんの賞品をいただいていました。

五年生の時、父兄会で学校へ行きました。

教室には図画やお習字、工作、いろいろな作品が展示されていました。その中に一枚だけ鉛筆書きの答案がはりだされていました。よく見るとそれは明児の算数の答案でした。

「先日、六年生の問題をさせましたら、これが満点だったので展示しておきました」

と先生はおっしゃるのです。母親としてとてもうれしく晴れがましい気持ちでした。そのことを明児は私に何も話していませんでしたので、よけい驚いたのです。

家に帰って私がパパにどんなに得意気にこの話をしたことか。聞いたパパは、とろけるような表情で「うん、うん」とうなずくのでした。

しかし、それが私が明児のために学校へ行った最後になりました。

昭和十九年の五月、明児は私たちに別れを告げると天国へと旅立って行きました。敗血症でした。ほんの数日間の出来事でした。

彼が亡くなって何十年の月日が経っても、あの時のつらさを忘れることはできません。

徹子のところに、わざわざこの貯金箱を届けてくださったのは、明児が行っていた日曜学校の先生でした。お年を召されて白髪になったその方は、テレビ局の廊下で貯金箱のいきさつを話してくださったそうです。

――「もう四十年以上も前のクリスマスのことです。明児ちゃんが私のところに来て、この貯金箱を差し出すと、

『ぼくのお小遣いをためたお金なの、困っている人にあげてください』

そういうのです。

『明児君、えらいね。どうもありがとう。お金はいただいて、貯金箱のほうは今度君に会った時返すからね』

そういうことで貯金箱をお預かりしました。その後戦争が激しくなり、お返しする機会のないままに、私の手もとに置いたままになってしまいました。早くお届けしなければと常に気にしながらとうとう今日になってしまいました。明児君はほんとうに

心のきれいな優しいお子さんでした」――と。

貯金箱は、真っ白なハンカチに包まれて、徹子の手を経て今私のもとに帰って来たのです。裏を返すと、先生の字で二円七十五銭と数字が書き込まれています。

貯金箱を見ると、元気な明児が帰って来たような懐かしさです。ソッとなでてみました。

明児のものは、悲しみを忘れようと、すべて捨ててしまいました。明児をこよなく愛したパパも、もういません。私の居間には、パパの写真の横に小さな明ちゃんの貯金箱が、今はからになって置いてあります。

別れっていったい何なのでしょう。

私は、パパにも明児にも二度と会えないなんて思えないのです。ちょっと別々の道をたどっているだけで、向こうに着いたら落ち合うことができる、そんな気持ちなのです。私が少し道草を食っているだけなのです。

明ちゃんと一緒に映画を見て、食事をして。明ちゃん一足先に帰ってて、ママは夕方の買い物をして帰りますからね。

二人で来たのに、帰りは私一人。一人の帰り道は何十時間か何百時間の違いはあるけれど、帰りつけば明ちゃんの顔が見られます。

そのうちママも帰りますから、淋しがらずに遊んでいてね。

子どもに期待をかけないこと

昔の親は子どもに対して「生んでもらってありがたいと思え」と胸を張っていたものです。そして、子どもは当然のように親をなるべく安楽にさせて、つまり親孝行を充分にして、最期には死に水を取りました。

でも今はなかなかそうはいかない世の中になってきました。親はひとりになっても、なるべく子どもに迷惑をかけないで、ひとりで暮らせるうちはひとりでやっていきたいと思っています。

子どもが何人いても親が同居となればそれなりに問題が起きます。親もなんとなく居候的な気がして落ち着かないものです。

年寄りのバカほどバカなものはないなんて言われて、だんだん気がつかないうちにモーロクしてきたり。私なんて、子どもの名前や孫の名前を間違って呼んで、モーロクの始まりなんて言われていますが、私たちも母親が若いときから、だれかれなく間違って呼ばれていたように思います。

親の理想どおりに大きくなってくれればなんの苦労もないけれど、なかなかそうはいかず、ついガミガミ言ってしまいます。どこそこの子どもはああだこうだとほめて、自分の子どもとくらべ、劣等感を植えつけてしまったり……。

子どもの前では絶対に夫婦喧嘩をしない、とか、お金の話をしないというのも立派かもしれませんが、私は、苦労や貧乏をしながら、子どもにそのままの親の姿を見せることも悪いこととは思えません。

また、ほんとうにそれは悲しいと言ったらいいのか驚くべきと言ったらいいのかわかりませんが、私なんか子どもが親のことをどう考えているのかがまったくわからないという場合があります。家でやかましく言えば言うほど、家のなかでいい子にして、外に出て何をやってるかわからないということもあるでしょう。

子どもを叱るのは、きっと子どものために自分がつらい思いをしたくない、という気持ちが前提にあるんでしょうね。

もちろん子ども自身がこれからしっかりと自立していくために、何がいちばん大切かを知ってもらいたい、というのもあるとは思いますが、その裏に自分が悲しい思いをしたくない、苦しみたくないという気持ちが少しでもあると、どうしたって感情的になってしまうようです。

世間の体面、他の子どもとくらべてなんて愚かしいことは思わないにしても、感情的にならないように、ほんとうに愛している子どものために、何をするべきか、充分に考えたとき、自然に道は開けてくるのかもしれませんね。

まったく子育てほどむずかしいものはないと私は思っています。

これは私の友人の子どもさんの話ですが、なかにはこんな子どももいます。

朝、ご両親の寝ているうちにひとりで起きて卵を焼いてパンを食べ、お弁当もつくってひとりで出ていきます。帰ってくるとかならず二時間から三時間はひとりで勉強をします。親子関係も実にスムーズです。十歳にも満たないその子は、暇があると釣に行って何時間でもやっていますし、成績はいつも一番。

私には信じられないほどのいい子で、性格も可愛く無邪気そのもの。

ご両親の夫婦仲がとてもいいのも理由かもしれませんが、あんな子どもだったら子育ても楽なものだと羨ましいかぎりです。

とはいえ、親として子育てが終わった、と安心していられることなんて死ぬまでないんでしょうね。

子どももひとりひとりが自分の行く手にあかりを見出さないかぎり、親は一歩も前へ進むことができません。子どもの行く手にあるあかりが、親の行く手を照らす光でもあるのですね。

子を育てるということは、骨も肉もバラバラになるほどの苦しみなのだ、と聞きました。私たちなど、振り返ってみて、まったくなっていない両親だったと思っています。まだまだ骨も肉もバラバラになるほどには、苦しみ足りないと思っています。

親はなくとも子は育つと言いますが、そのまわりに親に代わって見守っている人もいたでしょうし、またそれがなかったとしたらその子どもの努力と忍耐はすばらしいものだと思いますし、その子のために神の加護を祈りたくなります。

また、子どもの夢や希望は、なにものもそれを奪うことはできないと思います。

親と子どもは似ているようで、それでいていつでも別々のことを考えているものです。それは夫婦でも同じことなのでしょうが、ともに忍耐し、話し合い、お互いに歩みよること以外に道はないと思います。

子どもが何にむいているのか、どうやってそれを引き出すのか、これもまたむずかしいことであり、子ども本人にも親にもわからないのではないでしょうか。私など、自分が親になってすでに長い年月を経、各地へ講演にでかけるような身になった今になっても、いまだに自分が何にいちばんむいているかわからずにいるんですものね。それはたとえて言えば、種類もまちまちでどんな花が咲くかもわからない花の種をまいてみるようなものかもしれませんね。

芽が出て葉が出て、蕾が出てくると、少しは様子がわかってきますが、どんな花が咲くか見当もつかない月日の、まあ長いこと。水をやり、肥料をやり、太陽の光をあて、やがて思いもよらない花が咲きます。

ケシ粒ほどの種が大きな茎をつけ、花を咲かせることもあるでしょう。大きいからいい花とはかぎりません。毒々しくてしつこい感じの花よりは、小さくとも優雅で、ほのかな色と香りを持った花のほうがいいでしょう。

花もよく葉もよく、虫もつかず、平凡だけど飽きない花もあると思います。こういう花は人間にたとえるとどんな人と言えるでしょうか。

優等生で、成績も人あたりもよいけれど、人間的に無味乾燥という人もいれば、人畜無害、学校の成績がいいだけで、世間的なこと、常識的な楽しい友達づきあいができない、ユーモアがない……等々、むずかしいですね。

我が家にしても、子どもたちも私も、それぞれ長期間なり短期間なりを海外で過ごしました。私も六ヵ月くらいロスに住みついてみたり。とにかくいろいろなところに講演にもでかけました。

でも、旅に出たロバは馬になっては帰ってこないもので、みんなぜんぜん変わりません。人間は変わらないということでしょうが、そんなものですね。それに馬になって帰ってきてもまわりが困ってしまいますものね。

やさしさ、親切心、思いやりがあり、健康を与えられたら言うことないですね。明るく楽しく、外から襲ってくるいろいろな事物をふりきって、積極性と個性で生きるしかないですね。

子どもたちからの手紙

母上さま、元気にしてますか。

九日に手術が決まったと伺いました。

私は、それをとても喜んでいます。

何故なら、ママに体力があるから、そうしてくださるのです。それは間違いありません。

今や直腸ポリープの手術などは、決して難しいものではないときいています。

ママ、どうぞ頑張ってください。

私たちは、ママの願いをきき、皆それぞれの立場で頑張っています。

姉上は勿論、私も友理も貴之もです。

わが家の子どもたちには、ママが入院していることは話してないので、当然のように、バァバは鎌倉で、元気にしていると思っているのですよ。

ママが頑張っている姿勢を示せば、お医者さんも仕事に、どんなにか張り合いを持つことでしょう。ママ！

天にいる北海道のおばあちゃんもどんなにママを、励ましていることでしょう。

「朝ちゃん、ガンバリなさいよ」って。

みんな必死で、ママが元気でまたあの家にかえってくる日を、待っているのです。

私の愛する自慢のママ。

病気などに敗けてはイヤです。

パパが戦争に行っていない時にも、貴女は三人の子どもと、オバアちゃんを養ってきましたね。

どんな時にも、ママは強く生きてきました。

さあ！　ママ、これが神が与えた、最後の試練なのです。

どうぞ全力をもって乗り切ってください。

手術の前には、必ず応援に行きますから。九日にはパパも僕も、男の子はみんな手術に立ち会います。

ママが、世界に誇れると、いつもいってくださる子どもたちが、ドアの外にいるのですから安心でしょう。

二十七日の第九が終わると、冬休みになります。そうしたら、鎌倉で母上のそばで過ごしましょう。それまでに退院できなければ、毎日、みんなで病院に遊びに行きます。

しっかりね、ママ。

私でさえ、ヨーロッパのオケのテストを何度も受けたし、もっともこれは生活がかかっているのだからしかたがないけれど、それはとても怖いものでしたよ。必死の思いでしたよ。でも頑張ってきました。

そんな時に、いつもママがいっているように、いやしくなく、誇りを持ってやってきました。

これからだって、何が起きるかわからない。でもママが今まで頑張ってきた姿を思えばなんとか私も乗り切っていくでしょう。

もう一度、強いママの姿を私たち子どもに見せてください。

私の人生の鑑になるように。

まだまだ手のかかる貴女の息子より

ママへ

これは、私が腸にポリープができて入院した時、手術を前にして、次男の紀明が私にくれた手紙です。暮れをひかえたある日、ベートーベンの第九交響曲の演奏会の練習に忙しい中を書いてくれたのでした。

ママ、シシリア島のパレルモにて
これが私の今いるホテルです。

こんなに凄いんですよ。

こんなものがホテルだから、ずいぶん日本と違います。

町の中は本当に田舎ですが、さりとてノンビリしているわけでもなく、車がひしめいていて、買い物に出る気にはなりません。

日本から一緒に来た聾唖《ろうあ》の人たちや、世界中の聾唖の人たちも、みんな集まって会議をします。

みんな、それぞれの人たちが演劇祭に参加するわけです。

日本から来た人たちは、特別のもので、お狂言をやります。「六地蔵」というのです。

珍しいので、きっと人気が出ることでしょう。

人が大勢いても、なんとなくのんびりしています。

日本人は、みんななんとなく、イライラして暮らしているように思えます。

あさってから公演です。

イタリアの食べものは、最高でうれしいです。

徹子

これは、徹子が聾唖の方たちと、イタリアのパレルモに行った時に、横長の絵ハガキに書いて送ってくれた短いもの。次の手紙は、私の旅行土産のお礼と、香港からの便りです。

あのお菓子は、もう夢のよう、夢そのものね、この便箋も気に入りました。

首かざりと、イヤリング、とても似合うし、女っぽくてやさしさがあってうれしい。

ママのやさしさや、感じが充分に伝わりました。

ありがとう。ほんとうに生きているって、ステキなことね。

ママが、いろいろ私のために選んでくださっている感じ、これ徹子に似合いそうとかいってさ！

ささやかといっては悪いけれど、こんなことが本当は一番幸福なのねェ。

ママ、ほんとにどうもありがとう。

　ママへ

　　　　　　徹子

香港は、なんだかとても面白いところです。

ママは、あまり好きなところではないかもしれないけれど。

だって三時間半で、こんなところに来られるなんて。

新幹線で大阪に行くのと、そんなにちがわない時間なのよね。

ここのお金持ちは、日本人の想像もつかないレベルなのです。

それに比べると、日本人はみんな、平等って思えるくらい。日本人はすごいといっても、たかがしれてるといった感じ。

なんといってもありがたいのは、香港は食べものが美味しいの。

朝のおかゆ……

いろんな種類のおかゆが、湯気の立った、小さなセイロの中。

何種類かのおかずを、ワゴンでテーブルの間に流しているの。活気のあるものです。

去年、ここに偶然ＮＨＫ交響楽団が来ていて、紀明ちゃんや、手塚の坊や（同じオケの友人）と三人で、このおかゆを食べたの。とても美味しくて、うれしくて喜んだのを、思い出しました。

こんなところで、思いがけず姉弟が会うのも、いいものですね。

友理さんにオーデコロン。

ママにテーブルクロス、気に入るといいけど。

それにママに、ピンクの寝巻き。ガウンもついています。

大きくて、ゆったりしているみたい。

ママ着てよ、絹だから……

徹子

この時の寝巻きは、ガウンもついていて、とても素敵です。絹だから……。

この「絹だから……」は、わが家では特別な意味をもつ言葉で、徹子がナイロンか何かの安っぽい靴下をはいていた時、友達が自分の靴下を自慢し、「私のは絹だから」といった話を、みんなが覚えていて、何か自慢する時は、「絹だから」といい、よく大笑いをしていたのです。

私は、この絹の寝巻きにまだ袖を通さずにいて、私が死んで棺に入る時、着せてもらって、上からガウンをかけてもらいたいというメモをつけ、タンスにしまってあるのです。

まだ、誰にも話していない私のヒミツ……。なにしろ絹だから。

徹子からの便りは、いつも美しい風景の絵ハガキや、私が見たことのない花の絵ハガキ。

時には、今、美味しいお料理を友達とレストランで食べています。なんて献立と盛りつけ、感想などを、そのレストランのナプキンにこまごまと書いて、送ってくれます。

フカフカのナプキンに書くのは、骨の折れることと思うのに、そんな心遣いをしてくれる娘の手紙は、いつも私の心をなごませるのです。

男の子からの手紙、女の子からの手紙、それぞれに内容が違います。

女の子からの手紙は、料理の作り方や、編み物の目数のこととか、友達にこんなことをいわれて口惜しくて泣いたとか、可愛いものですね。

ママ、ＭＡＭＡ、ママ、お元気ですか。

昨日、デュッセルドルフで、コンサートがありました。

さすがにこの町は、日本人が多いです。

私たちの泊まるヒルトンホテルに、ドイツ新報という日本語の新聞が、フロントのテーブルにおいてあります。

地下の本屋さんで、「日本のベストセラーズが買えます」といって、日本の本を十位までならべ、売っていました。

ママの本も七位で並んでいたよ！　ママもたいしたもんですねェ。

あさっては、ベルリン。そこで、かつての親友、ロベルトに会えるかナァ。楽しみです。

ママも元気に楽しく過ごしてねェ、早くかえりたい。

わが家の日本人より

アメリカで学生生活を送った三男・貴之は、生活の感覚がなんとなくアメリカ風で、わが家のアメリカ人と呼び、この手紙をくれた次男の紀明は、十年近くもドイツでバイオリンの修業をしているうちに、漬物大好き、宮本武蔵大好きで、まるっきりの日本好みに固まってしまい、それでこの子のことは、わが家の日本人と呼ぶようになっているのです。

女王さまの椅子

「焼き肉パーティーを開きます。みんな揃っておいでください」

次男からの電話でした。

紀明だけがバイオリンの道に。
彼のやさしい手紙にはいつも泣かされます。

さあ、それから私は忙しくなるのです。日を決めるのが私の役目。

子どもたちはそれぞれ人さまがお休みになる時に忙しく、また簡単に人に代わってもらえない職業についていますから、日曜日だから集まれるとはかぎりません。

四人の子どもとその家族を一堂に集めようというのですから、その調整が大変なのです。パパの一周忌にも全員そろうことはできなかったのですから。そこでみんなにこれから一カ月間の休みの日を私のところに知らせてもらうことにします。

休日の一致する日を探してバーベキューの日とするのです。ある土曜日になんとかみんなの休日をやりくりすることができました。あとは、せっかくの当日が雨にならないように祈るばかり。

その日はとてもよい天気でした。

庭に紫陽花が今を盛りと咲いています。鎌倉の気候が合うのか、挿し木がよくついて数種類の珍しい花が競うように咲いているのです。

なかでも白い萼《がく》の先端がたれ下がって、一つ一つが八重になっているのは、夕闇の中で見ると、白いお星さまが花のまわりを囲んでいるように見えて、とてもきれいです。

わが家で〝お星さまの紫陽花〟と呼んでいるこの紫陽花をお土産にすることにしま

しょう。持ちきれないほど切り取ると、切り口を濡らした新聞紙で包み、アルミ箔でおおって、子どものためならエンヤコラと持って出かけます。

息子のところに行く途中、次女の家に寄って花を半分おき、娘と連れ立って、いざバーベキューパーティーへ、と急ぎました。

次男の子どもは小学生と中学生の育ち盛り、見違えるほど大きくなって、今や思春期の入り口、テレくさそうな笑いがとても可愛いのです。

庭には次男の手作りになる、シッカリした大きな木のテーブル、これも手作りの二人掛け用の木の椅子がならべられ、みんなの着席を待つばかり。

レンガを重ねて網をのせた、焼き肉用の炉もできています。軒下には孫たちの作ったテルテル坊主が大小さまざま、可愛らしくならんで庭を見下ろしていました。

バイオリンを生業とするこの息子は、大工仕事が大好きで、もしパパが厳しく指導しなかったら、バイオリン奏者にならず、大工さんになっていたかもしれないと思うぐらいなのです。

息子が作業を始めたら、それは大ごとです。トンカチならぬ現代の大工道具は、やたらと大きな音が出ます。ふだんバイオリンの練習や奥さんのピアノで賑やかなのに、このうえキーンキーン、ギリギリと騒がしくてはご近所が迷惑。奥さんはそのたびに一通りご挨拶して回って、息子の道楽を助けてくれたようです。

その息子が丹精こめて作った椅子の中に、ひときわ目立つ豪華な椅子。背もたれは一段と高く、一番上には王冠の彫刻がしてあって、赤と金で彩色されています。全体は黒塗りで念入りに磨かれ、背と腰に当たる部分は、深紅のビロードがふっくらと張られているのです。まるで女王さまの椅子のようです。

「ママ、これがママの椅子、どうかおかけください」

息子がちょっとおどけて、舞台でするようなていねいなおじぎをして私を案内してくれました。

「まあ、まあ、この女王さまの座るような椅子が私の椅子だなんて……」

私は、おしまいの言葉がつまるのでした。

子どもたちが社会に巣立ち、それぞれの個性を活かして活躍しているだけで、私はプロフェッサーの称号をいただいたように感激しているのに、こんな優しい心遣いをしてもらうなんて、なんという果報者なのでしょう。

「ママは位人臣《くらいじんしん》をきわめてしまいましたよ、女王さまになったから、大口あいてお肉はいただけませんね」

「女王さまは、お気の毒だね」

食べ盛りの孫がいうので大笑いになりました。

骨つきのスペアリブ、トウモロコシ、ピーマン、シイタケ、とびきり上等なものではないけれど、ほかのどんなご馳走を出されても、この焼き肉パーティーのご馳走にはかなわないでしょう。

小さな子どもたちも少々お行儀が悪くても今日は無礼講、キャーキャーと大騒ぎ。それを見まもる大人たちも満足げです。

焼き肉を食べてしばらく遊んで、夕方には、私の持参した自慢のお煮しめや黒豆、紫色のうつくしい茄子の漬物、娘の提案でクサヤを焼いて、手をあちっちといわせながら食べました。

息子が外国のアパートでクサヤを焼き、アパート中からひんしゅくをかった話をして大笑い、ほんとに、外国の人だったら、あのにおいは気絶するようでしょうね。そんな話に打ち興じながら、女王さまも「ウマイ、ウマイ」といただきました。

炉とテーブルと椅子、これだけ置くと息子の家の庭はいっぱいになります。でも楽しむ心があればこんな狭い庭でも、これだけの幸せをつくりだせるものなのですね。

庭の隅に大工道具やらガラクタをいっぱいつめこんで建っている物置が二つ、今日は肩身が狭そうでした。

子どもは子ども、親は親

万雷の拍手のうちに、オニオンステージの幕が下りました。再び舞台に戻って挨拶する徹子に、三階の隅の席から私は心からの拍手を送りました。

私は娘への拍手を超えて、社会に活躍する女性へ、おしみない拍手を送ったのです。徹子を育てたのは確かに私です。でもそれは彼女が成人するまでのこと。その後、彼女は皆さまの助けを借りながら、見事に自分の道を切り開いてきました。そして今、音を失った人々のための演劇活動に力をお貸ししたり、ユニセフの親善大使となって真摯に働く彼女は、私とは別のところにいるのです。そんな彼女に私は拍手を送ります。

八百屋さんに買い物に行きます。

「お宅のお嬢さん、素晴らしいですねェ」

とおっしゃってくださったりします。私は母親としてほんとにうれしいし、ファンとして娘のことを応援してくださるお気持ちを、とてもありがたいと感謝しますけれど、毎日の買い物にも娘がついてまわると、それは少し違うのよといいたくなります。

そんな私ですから、今日のようなステージの時に、特別席へどうぞと招待されても遠慮しますし、まして楽屋に行って徹子の傍に座っているなどということはとてもできないことなのです。徹子の母親としての特別な存在にはできるだけなりたくないのです。

この間も、徹子と対談をお願いしたいとの話がありました。私はお断りいたしました。とても忙しい彼女の、スケジュールの中に割り込みたくないというのも理由の一つ。スケジュールの調整がうまくいくだろうかなどと考えただけでも気の毒です。親子の間柄だからなんとかしてもらおうなどという付き合いは、私たちにはないのです。

女としても、母親としても、他人さまに特別誇れるものとてないのに、ひょんなことで何事も我流で生きてきた人生をさらして、恥をしのんで本などを書いている私の仕事に、徹子の仕事をひきずり込みたくはありません。

別々の人生ですといっても、今の私は、徹子の活躍があって、その母親として浮かび上がっているのですから、関わりがないということはできません。でも、できるだけ邪魔にならないようにしたいと思っているのです。

これがお金のこととなると、なおさらです。徹子が骨身を削るような過密スケジュールをこなして得た報酬です。私は少々必要があっても用立ててほしいとは決していいません。

もし私が、徹子の好意に甘えて、お金をもらってどんどん使っていたとしたら、ほかの子どもたちも融通してほしいと思うでしょう。

息子の一人が、土地を買いたいからお姉ちゃんに頭金百五十万円ほど借りてもいいかなァといった時は、大仰に驚いて、

「とんでもないことよ」

と反対しました。私が生きている間は、何とか相談にのって力になるから、お姉ちゃんにお金の相談をすることだけはやめてくれるように話しました。家族がそろって徹子を力にするようなことは絶対させたくないと思っています。それは、いつまでもいい姉弟でいるためにも必要なことなんですから。自分の生活は自分の努力で築いていくもの、です。

先日、徹子が珍しく、

「今日は仕事が早く片付いたの。だから泊まりに来ない」

と誘ってくれました。娘のところに行けば一晩中おしゃべりをしてしまいます。その日は遠慮しました。

どの子どももそうですけれど、よく誘ってくれます。それでも私は、そのつど泊まりに行ったり訪ねて行ったりするわけではありません。別に私が忙しいこともありませんが、たいていの用は電話ですみ、わざわざ訪ねることはないのです。私のために気を使ってもらったり、親切にしてもらうことが心苦しいというより、つらいのです。もともと自由にしているのが好きということもありますし、忙しい中のたまの休みを、私のために費やさせては気がひけます。誰に気を使うこともなく、ゆっくり休んでもらいたい親心でもあるのです。私は、親なんていうのはセミの抜け殻みたいなものでいい、と思っているのですから。

今、母親と妻のつとめを果たし終えて、こうして幸せに暮らしているのだから心配しなくていいのよ、といいたいのです。お互いに自分の生活を充実させ、そのうえで互いに相手の幸せを祈る、子どもたちもそうあって欲しいと思います。

母への詫び状

私は子どもたちに対して、世界中誰にも負けない愛情を持って、今まで生きてきたと思っています。

でも、母が私たちに与えてくれた愛と祈りの大きさを思うと、とてもかないません。熱心なクリスチャンだった母は、私たちがどんな悪いことをした時も、心配をかけた時も、何もいわず叱らずに、ただひたすら祈ってくれました。偉大な母だったと尊敬の一言につきます。

音楽学校に行っていた私が、突然パパにさらわれるようにしていなくなってしまった時、消息の分からなかった何日間かを、どんなに悲しくつらい思いで過ごしたことでしょう。

父には、「おまえの育て方が悪いからこんなことになったのだ」と責められ、幾晩も眠らずに、「娘を返してください。無事で元気でいてくれるようにしてください」と、神さまに祈り続けたことでしょう。

私も子どもの親になってみて、あの時の母の悲しさがなまやさしいものではなかったことがよく分かります。

それなのに、母は一度も「あの時は……」と私を責めたことがないのです。

母が生きているうちに、なぜあやまってあげなかったのかと、土下座してもたりないほどすまなく思っています。

　私たちが四十歳ごろのことでしょうか。

　パパのお弟子さんのお父さまが、有名な写真家で、一生浅間山を撮り続けるために、浅間山が一番美しく見える場所を探して、北軽井沢に別荘を建てられました。

「大きな家で、長い間使っていないから荒れているけれど、よかったら、子どもさんたちを連れてひと夏を過ごしませんか」と、本気におっしゃってくださったので、十日間ほど行くことになりました。

　浅間山の朝、昼、夜、晴れた日、曇った日……写真家としての目が選んだ美しい浅間山の眺めは、私たち凡人にはもったいないほどのものでした。

　敷地のはずれに、二メートルのほどの美しい小川が流れていました。夏だというのに、山から流れてくるその水は、手を入れるとキャッというほど冷たく、流れの中の小さな石ころは一つ一つ色が違って見え、見事な宝石が並んでいるようでした。

　小川の好きなパパの喜びは大きく、子どもたちは緑蔭の中を自転車を乗り回しました。

　ある日、庭の木の下のあたりで、小鳥のピイピイという鳴き声がしました。そっと見に行くと、黒っぽい五センチぐらいのひな鳥が落っこちて鳴いていました。手の平に乗せると、いっそうピイピイと鳴きました。私はなぜかとっさにひな鳥の口の中へつばを入れてやり、頭や背中をやさしくなでてやりました。私にとっては、魚釣りが大きな魚を釣り上げた時と同じ感じで、とてもうれしい獲物でした。帰ってきた子どもたちも大喜びで、何を食べさせようかと大変な騒ぎになりました。

ゆで卵の黄身に菜っぱをつぶしたものをまぜ、つまようじで口の中へ入れてやりましたが、なかなか食べてくれません。さけの缶詰の身を少しまぜてやったりするうち、だんだん食べてくれるようになりました。

家の中で自由に歩かせました。まだ飛べませんでした。子どもたちもパパも私も、可愛くてなりませんでした。四、五日経って、外の空気にあててやったほうがいいと思い、大きな金網のザルの上に石を置いて外に出してやりました。

帰る日の朝、小鳥の親が探しあてたのか、木の上から小鳥に合図を送っているようでした。小鳥のほうも、ザルの中でピイピイいってはねていました。それなのに私は、この小鳥を帽子の中に入れて東京に持って帰り、育てたいと思ったのです。パパも、ママがそうしたいのなら、といいました。

紀明は、その時八歳ぐらいだったでしょうか、

「ママ、時々来て見ているのは、きっとお母さんだよ。小鳥はお母さんのところに行きたがって、ああやってピイピイ鳴いているんだよ」

といいました。でも私は、

「だって、もうエサも食べるようになったし大丈夫よ」

といい、持って帰る支度をしていました。すると紀明は、

「ママ、自分の子どもが人に連れていかれるお母さんの気持ちが分からないの、外に出して置いていきなさい」

ときっぱりといいました。三十歳過ぎた母親が、八歳の子どもにいさめられては持って帰るわけにはいきません。私はしぶしぶ諦めて、少し離れた草むらに置いて、自由にしてやりました。母親鳥が来てすぐ連れていきました。家中みんなでワアワア泣きました。悪いことをしたことに気がついたこともあり、別れのつらさもありました。

母さん、ほんとうにごめんなさい。

これが母への遅すぎたほんの少しの詫び状です。

人生は魔術師

お三時は私の出番よ

「お天気もいいし、これから二人のお客さまが来ますが、よかったら、あなたもいらっしゃいませんか」

初夏のある日、画家であり、かつては大学の教授でいらした玉生道経さんからのお電話でした。ほかのお客さまというのは、日本舞踊の西川鯉之助さんと、作曲家のドロシー・ブリテンさんです。気のはらない方々だからどうぞ、とおっしゃってくださるので、私は喜んで出かけることにしました。

それぞれ専門の分野で業績のある方たちですから、私は皆さんのお話を伺うのが何よりの楽しみ。長いこと携わってきた母親役のほんの一部を発揮して、お三時の用意をすることにしました。

玉生さんのお宅は、鎌倉の稲村ケ崎にあります。長谷にある私の家からはすぐですが、タクシーで行くことにしました。でも、この前行った時にはすぐに探しあてたのに、今日は見つからないのです。あいにく電話番号も覚えていないので、ぐるぐる回るばかり、ふと窓の外を見ましたら、玉生先生お気に入りのお嫁さんが門の前で待っていてくださるのが見えました。私は方向オンチなものですからこんなことは日常茶飯事、決して年齢のせいだなんて思いません。が、とにかくヤレヤレでした。
ところが、ドロシーさんも途中から先生の家が分からなくなったと電話をかけてきたのです。この間は迷うこともなく来ましたのにとおっしゃるのです。おかしな日ですね、こういうのをキツネにつままれたっていうんですよ、なんて大笑いしました。

　西川鯉之助さんは洋服姿でおいでになりました。ズボンの膝を折って絨緞に正座なさると、美しい挨拶をくださいました。無作法な私も椅子からおり、鯉之助さんのように座って挨拶をいたしました。

　鯉之助さんは、ていねいで美しいお言葉で話されます。とてもうちとけて、穏やかな気持ちになるのでした。

　玉生先生とは、パパが肺気腫で入院していた病院で、先生が緑内障の手術をなさったことから、付き合いが始まりました。病室がちょうど向かい合わせでした。

　先生のベッドはいつも空っぽ、ほかの病室に出かけてはお友達をつくられ、帰りにはそのお友達をご自分の病室に招待なさっていらっしゃる。

　パパはといえば、先生がちょっとお見舞いにのぞいてくださっても、眠ったふりです。三時の面会時間に私が行くのを、ただただ待っているというふうでした。

そんなパパのためにフルーツゼリーを作っていったのですが、これをきれいなガラス器に入れて、玉生先生に差し上げたのです。退院したいばっかりに、ハンガーストライキを実行中だった先生は、よほど空腹だったらしく、喜んで召し上がってくださいました。今でもあのゼリーの味は忘れられないとおっしゃいます。

ドロシーさんはイギリスの方ですが、日本に永くお住まいで、作曲活動をしていらっしゃいます。

鯉之助さんはドロシーさんの作品に振り付けをなさり、何曲も踊られたそうです。ドロシーさんは、徹子が書いた「窓ぎわのトットちゃん」の英訳をしてくださいました。

ドロシーさんの組曲「隅田川」のオーケストラ演奏の中で、パパのバイオリンソロがとても素敵だからと、その録音テープを持ってきて聞かせてくださいました。私は、まだ若くおしゃれだったパパの燕尾服姿を思い出しながら、「パパがいなくなって淋しいけれど、私にはこんなによいお友達がいるのよ。安心してくださいね」と話しかけているのでした。

そろそろ私の出番です。

家から作って持ってきたアスパラガスやカニなどのサンドイッチ、アボカドのワサビ醬油、お酢を入れた塩水の中に、オリーブの葉や青紫蘇の実、ヒタシ豆、キャベツ、キュウリなどを漬けたトルコ風の漬物等々をお出しして、ピクニックにしましょうと提案しました。みんな素敵素敵と愉しそうです。

ドロシーさんは、アボカドのワサビ醬油は初めて食べたけれど、マグロのトロによく似た味でおいしいとおっしゃり、おかわりをしてくださいます。私はとても幸せな気分になるのでした。時間があれば得意のゼリーも作ったのですけれど、それはこの次の会食の楽しみにとっておくことにしましょう。

玉生先生の絵を見せていただきながら、思い出話やお料理の話、それに迷い子のおまけまでついて、愉快な一日でした。

お友達と会う時、私はハンドバッグの中に、果物や珍しいアメなどを入れて出かけます。お弁当を作って行くこともしばしば。食べることって、人の気持ちをとても穏やかにしてくれますもの。

お友達とお弁当を食べながらおしゃべりするのは、私の楽しみの一つ、前日からせっせと準備するのです。

三十分でも退屈するのはもったいないと思います。電車に乗る時には、とにかく素敵な方の横か前に乗ることです。自分の年齢がどうであれ、そんなことはどうでもいいのです。美しい人は見るだけでも楽しいし、持参のアメでもおすすめして、お話でもできれば、こんな愉しいことはありませんでしょ。またたく間に目的地に着いてしまいます。三十分間のお友達、素敵じゃありませんか。

ある店のワッフルがとても好きで、先日久しぶりにその店に行ったので、友人の分と二箱買ってきて、

「猛毒贈ります。お気をつけて召し上がってください」

とカードを添えて送りました。

「一人で中毒するのは腹立たしいので、友達と悔しさを分けあいました。再度、猛毒のプレゼントを、お待ちします」

お互いに大好物でありながら、お腹の脂肪と血圧が気になって思うままに食べられません。「やめたほうがいいんだけれど」とぼやきながら、「エーイ、ままよ」と口に入れるわけで、礼状を読みながら、なかなかいい返事だなあと、ニンマリと笑いました。

旅の途中で出会った人たちもお友達。トロントのタクシーの運転手さんは、私がパ

パを去年亡くしたと話をすると、

「私も十年前に妻を亡くしました。人に再婚をすすめられるけれど、そんな気にはなれません。傷が癒えるには時間がかかりますねェ」

と、しみじみ話していました。

飛行機で隣り合わせた人も、街で行きずりに言葉を交わした人も、みんな素敵な友達なのです。

神さまは、どの人にもみな平等に生きることと死ぬことを与えてくださったのです。その間を、あの人もこの人も一生懸命生きているのだと思います。

パパが元気だったころ、私はよく笑われたものです。

「ママのように、あの人もいい人、この人もいい人、みんないい人だったらこの世は天国だよ」

「そう、私はこの世がみんな楽しく暮らせる楽園であればいいと思っているのよ」

こんなたわいない話をしたものでしたが、今はその思いがいっそう強くなっています。いつも胸を開いて人と付き合い、その人の持っている良いところを受け入れようとすれば、あの人もこの人もみんないい人なのです。悪いところはお互いさまなのですもの。

時々健忘症にかかるのもいいですね。

「チョッちゃんは、いつも明るくて、お幸せそうですね」

と、昔も今もよくいわれます。

私にも人生一通りの起伏はあったのですが、「私は今、悩みをかかえています」……なんて顔は、私に似合わないもの。こんなことぐらいたいした苦労じゃないわ、と自分にいい聞かせてきました。

いつでも明るく愉快に暮らすこと、それが理想だったから、つとめてそのような顔をしているのです。不愉快なこと、つらかったことはいつまでもこだわっていないで、次々と忘れていくのがよいようですね。

パパを亡くしてからもどうにか乗り越えてこられたのは、もちろん自分だけの力ではないけれど、あまりいつまでも嘆かないこと、くさらないこと、気持ちを切り替えること、ジョークを忘れないこと、こんなふうに心がけてきたからだと思います。

パパは世間付き合いがあまり上手ではありませんでした。彼は生真面目すぎたようです。私のように少し肩の力を抜いて、少々いい加減なところがあってもしかたがないもの……ぐらいに考えているのが、人生を楽しく生きるコツなのかもしれません。

ガラクタ市の掘り出しもの

ひょんなことからスタートした私の七夕巡礼はもう四年目になりましたが、毎年行くたびに地域が広がり、回数もふえて、私のような者を待っていてくださる方々のたくさんいらっしゃることに深く感謝しています。

四年目の旅は、デンバーまで足を伸ばしましたので、長年憧れていたアスペンのミュージック・フェスティバルを訪れ、五島みどりちゃんやパパのお弟子さんだった米谷さんなどに会うことができました。

アスペンの白樺は、アスペン白樺といわれ、粉をふいたような濃い白色で、箱庭のように連なる山々を背景に、それは見事な景観でした。

アスペンは、アメリカ中のお金持ちがスキーに来る場所で、飛行場には自家用機がずらりと並んでいて、お金持ちのスケールの違いにはいつも驚かされます。

アスペンの山のふもとの町の道端で、ガレージセールをしているのにぶつかりました。私は昔からガレージセールが大好きで、とても素通りはできません。

旅先のこととて、いくら安い掘り出しものでも、大きなものは持ち帰るわけにはいかず、今思い出しても口惜しくってならないものがあります。

それは、クリスマスの時ドアにかけるクリスマスリースでした。両手を輪にしたよりも大きくて、エンゼルなどの可愛い飾りものが何十となく埋め込んであります。そしててっぺんには、幅十センチ以上もある、今まで見たこともないような美しいリボンが、たっぷりと三重に重ねて結んでありました。とても欲しかったけれど、スーツケースはいっぱいだし、長旅の衣類の始末に困るしと思い、しゃがみこんで三十分ぐらいいじったりしたあげく、その日は諦めてホテルに帰りました。

夜寝る時、ふといい考えが浮かびました。そうだ、あのまま日本まで持って帰ろうなんて思わないで、リボンと飾りものをはずして持っていこう、こわしてもたかが三ドルだもの。

次の朝早く、駆けるようにして行ってみましたが、もう跡方もなくきれいに片づいていました。前日、バラバラにして持って帰るという知恵が浮かばなかったことが、残念でありゃしない。リボンだけだって、日本なら一万円出しても買えないし、第一買おうと思っても見かけたこともない素敵なものでしたもの。

逃がした魚の大きいこと。

気のはる講演のあとのストレス解消には、こんな買い物が何よりの薬なのです。今も時々思い出していますが、買ってしまったらそれで終わりだけれど、買えなかったことが、私の夢となって長持ちさせてくれています。

　こちらは買ってきたワンピースの話。

　サンフランシスコのガラクタ市で、ムームーみたいに長いボーダー柄のワンピースがぶら下がっていました。半袖のちょうちん袖と、裾のところのボーダーの部分は、インディアンが手刺繡したものでした。これを私が着るとしたら、どう直したらよいか、しばらく考えていました。

　半袖とはいえ地が厚いので、日本の夏には着られないなあと思いました。しかし、クリスマスリースを買いそこなった無念さがあるので、今度はともかく五ドル奮発して買いました。

　日本に帰ってから、何カ月間か、時々出しては眺めていました。

　そのうちアイデアが浮かびました。

　まず、ワンピースを真ん中で切って、ブラウスとパンツにする。ちょうちん袖の先に茶色のビロードの布で袖をつぎ足して七分袖にしよう。衿もやたらと大きくて両肩に届くほど開いているので少しちぢめ、同じビロードの布で衿ぐりの部分につぎ足すことにしよう。

問題は、ブラウスの丈が短いことです。そこで幅広のベルトをしめることにしましたが、それでも動いているうちにお腹が見えたりしたらみっともないので、アクセサリーもかねて上からズボンつりをすることにしました。

アスペンのエルメスの店で息子のお土産に買ってきたあのズボンつりが似合いそうです。

それはグリーン地の真ん中に赤い縞が入っていて、おしゃれな息子もうなったほどの美しい色でした。いっぺんあげたものを取り返すなんておとな気ないけれど、彼は演奏会の時燕尾服の下に使っているので見えなくなってしまうのだし、私は一番目につくところに使うのだから。私がおしゃれを楽しんでいるようすを見れば喜んでくれるやさしい息子だもの、ぐっと我慢して「いいよ、いいよ」というにきまっているもの。

そんなわけで、この改造パンツルックは、工夫応用大好き人間の私にとっては大満足な、老いの美学の実践とあいなったわけです。四、五回着たらズボンつりは息子に返してやりましょう。

大好きなカシニョールの絵の前で。
ボーダー柄のムームーを改造したパンツルック。

入れ歯の贈りもの

今私が使っている総入れ歯は、ロサンゼルス在住の熊本先生が作ってくださったものです。

熊本先生に初めてお目にかかったのは、北野先生のお宅で開いていただいたメモリアル・コンサートの会場で、お客さまとしてご夫妻でいらしていました。

驚いたことに、先生は私と同じ北海道滝川町のご出身で、私の「チョッちゃんが行くわよ」を、特別懐かしい思いで読んでくださったということでした。お兄さまが現在も滝川市で歯医者さんを開業なさっている由。そのうえさらに驚いたことには、奥さまのアリスさんは日系二世で、トモエ学園で徹子と一緒だったとおっしゃるではありませんか。

私も思い出しました。日本語がよくしゃべれなかった色の白い可愛いお嬢さんがいらしたことを。

先生は、私が入れ歯の調子が悪くて困っている話をすると、

「私が作ってあげましょう。あいている日はいつといつですか。黒柳さんの日程に合

わせて超特急でやりましょう」

と、おっしゃってくださいました。

ご好意に甘えて、私は日程の合間を縫って七回ぐらい、ダウンタウンにある熊本先生の大きな病院に通いました。

最後の修正の日は、お休みなのにわざわざ私一人のために遠くのご自宅から来てくださり、技工士の方も来てくださって、私がロスを発つまでに間に合わせてくださったのでした。

これだけの総入れ歯を作っていただいたら何千ドルもかかることは、私はいろいろな方から聞いて知っているのに、雀の涙ほどのお金しかおとりにならないのです。

お心づくしの贈りものというべきこの美しい入れ歯は、本当にぴったりと私の口にフィットして、タクアンでもピーナツでもバリバリと嚙みくだいています。

私が年より若く見える〝三種の神器〟の一つは、この熊本先生の総入れ歯なのです。

残る二つは？　メガネと帽子です。

お化けのなせる技

三年前、私は自伝的エッセイの本を出させていただきました。その後また、「週刊朝日」に連載などという大それたこともやらせていただきました。

このことは、「夢」だと思っています。現実ではないのだと、本心そう思っているのです。たまたま作った私の手作りの田舎まんじゅうが美味しかったので人が買ってくださる、そんなふうにしか思えないのです。だから肩書はどういたしましょう、などといわれても答えようがないのです。

よい文章を書くには、できるだけ多くの名文にふれることといわれます。

私は小さい時から、どれだけの本を読んだのでしょう。女学生時代はよく遊び、読書は二の次でした。印象に残っているものでは、漱石の作品のいくつか、そして、「ドモ又の死」とか、「若きウェルテルの悩み」等々で、もう少し大人になってからは、カミュとかヘルマン・ヘッセ、ジイドなどの本を友達と交換しあって読んだものでした。でも読書家といえるほどの量にははるかに遠いのです。

これから言葉を綴ってお金をいただくことを業とするなら、もっともっといい文章が書けるようにならなければならないと思いますが……私に許されたこれからの短い時間にどこまで頑張れるものなのでしょう。それでもやれるだけはやってみようと考えているのです。

　それにしても、ものを書いたり、講演したりすることを、私ごときものがと思うと恥ずかしくて身の置きどころのない心境になります。

　最初はおっかなびっくりでした。ですから、私にはもう一人私のお化けがついていて、それが勝手に本を書いているのだと思うことにしたのです。お化けの書いたものを、私が清書しているだけなんだから、そう気にしないこと、と自分にいい聞かせるわけです。

「下手な文を綴って、私のお化けはまったくろくなことを書きゃしないんだから、私が自分で書いたのなら、もっともっとうまく書けたのに」

　とつぶやきます。そうやってできあがった本は、開いてみる気にもならず、サインを頼まれようものなら、気恥ずかしくてほんとに困ってしまうのですけれど。

　そしてまた、講演の話が持ち込まれます。皆さんにお聞かせするような話が私にできるかしらとちゅうちょします。けれど、ほら「チャンスは前髪で摑め」といいますから、とにかく前に歩め、というわけでお引き受けするのです。話している間中、

「これは私がしゃべっているのではないのよ、私のお化けが勝手におしゃべりをしているのよ」

　と自分にいい聞かせ続け、

「いつまでおしゃべりしているんでしょう、もういい加減にして消えろ!!」

と、私は私のお化けに命令して、講演を終わりにします。

　そんなわけで、講演料をいただく時も、もちろんお化けが手を出していただくのです。

　私はすごい照れ屋というか、一見とても活発で人見知りしないようだけれども、昔からとても恥ずかしがり屋で、少女のころはこれということでもないのにすぐ赤くなって困ったものでした。

　たとえば、女学生時代に先生が、「生徒の中にこんな悪いことをするものがいる」などとお話したとします。すると私はなんの関係もないのに、一人で赤くなってしまい、「もしかして、さっきの悪い生徒ってあなただったの？」と疑いをかけられてしまったりするのでした。

　そういう感覚は今でも尾をひいているのではないかと思うことがあります。

「冗談じゃありませんよ。七十四という年齢で、一人でアメリカ、カナダを回って講演して歩いていて、自信いっぱいでしょうに」

といわれるでしょうけれど、それとて、

「私は、もう一人、私のお化けをひきつれて歩いているから、それが頑張ってくれるんです」

といった感じなのです。

もし私本人だったら、もっときれいな若々しい英語で、もっと上手なお話をするはずだもの、ほんとに。

苦労話は好きじゃないの

母が私に感心したようにいったことがあります。

「チョッちゃんはどんな時でも一度もグチをいったことがないわねェ」

パパがシベリアに抑留されていて、子ども三人と母の生活を肩に必死で生きていたころのことです。生活しやすい時代ではありません。

いってみれば、この時期、私は苦労をしたということになるのでしょう。

周囲の人々も、生活物資の極端に乏しい中でみな必死に頑張っていました。私も同じように頑張っていただけです。子どもたちは元気に成長してくれましたし、何より私は若かったのです。一日の心身の疲れは子どもたちの笑顔と母のいたわりで、癒やされました。明日は今日よりきっといいことがある。パパが帰ってくる。そう思い続けた毎日でした。グチなどいっている暇はなかったし、苦労と感ずるゆとりもなかったようです。

苦労っていったいなんなのでしょう。

発展のため、前進のためにする、苦しい思いや気遣いなら、それがどんなつらいことであっても、苦労ではないと思います。

苦労しないで、よい結果だけがあることはめったにないことですし、苦しいことが成長することの、生きていることの証であることもあるのです。

どんな幸せも、向こうからやってくることはありませんもの。自分で手に入れる努力をするしかありません。努力が必ず実るということでもありませんけれど、とにかくやってみなければならないのです。自分が幸せになるための努力やそれにともなう苦しい経験や労働は、ことあらためて、苦労しました、と話すことでもないように思うのです。

ただ、人それぞれ精いっぱい頑張っても、耐えられる限界が違うということはあると思います。

お金のない生活を大変苦労と思う人もいるでしょう。一人一人、育った環境や、生きる姿勢によって、耐えられる限度、苦労と感ずる度合いが違うんですね。苦労をしたといっても、中身は千差万別ですよね。

これほどの苦労は、だれも経験していないに違いないといばれるほどの苦労は、みんなそれなりにあるように思います。自分だけではないわけです。

私にもつらい思いがいくつかあります。

愛してやまない息子を亡くしました。癒える痛みではありません。

子どもが二人、同時に猩紅熱に罹り隔離病棟に入院、十数日間、高熱が続きました。徹子は股関節脱臼でギプスをはめたままで、退院まで五十日間でした。身を削る思いの毎日でした。

パパが出征し、終戦後は抑留され六年近く生死不明になった時は、家族の生活を背負って、質屋通いは序の口で、果物や魚の行商に汗を流しました。

つらかったのは、青森に疎開していたころ、友理のオタフク風邪がこじれて、切開しなければならなくなった時です。田舎には近くに病院がなく、往復四里の道を友理を背負って通いました。

それとても、この田舎に住んでいる人には、ごく当たり前のことだったのですから。自分に快くないことは、すべて苦労と感ずるもののようです。

グチをこぼしたり、恨み、つらみをいってみても、その中からは素晴らしい生き方が見えてくることはないでしょう。それより、目の前の難関をどう切り抜けるか、どう乗り越えるかと考えたり、行動したりするほうが先、そう思って生きてきました。

それに、胸に手を当てて省みれば、大変なこと、苦労と思えることのほとんどは、自分自身のためにやっているんですね。乱暴ないい方をすれば、好きでやっている、そういえないこともないんですよ。

子どもを叱るにしても、苦しい苦しいとぼやきながら多額の月謝を払って子どもを塾に通わせるのだって、子どもが立派に育ってくれないと自分の立場がなくなるし、老後の自分が困る、などと思わないでもないのではないでしょうか。もちろん子ども自身のためと思ってはいますが。

好きでやっていることなら、大変だろうと、苦しかろうと、自分で引き受けなくちゃあね。

苦労話をすることは、みんなで写した写真を見る時の気分に似ていると思いませんか。誰でも一番先に自分がどんなふうに写っているかを見ると思います。本物どおりでは気に入らない。自分がまことより少しでもよく写っていれば、周りの人にも気軽に、よく写っているわといえるものです。

苦労話も実際より少々つらく大げさにしたほうが喜ばれるし、自分もよい気分になれるところがあるでしょう。

「こんな苦労を私はしてきたのよ。頑張ったのよ」と。

でも、世の中にはもっともっと耐えられないほどの辛酸を背負って、なお明るく生きている人もおられるわけですから……。

そんなわけで、私は自分の苦労話はあまり好きではないのです。

つらいことがいっぱいあったからこそ、なお一層明るく笑って暮らしたいのです。

わざと、とぼけて、

「苦労って、ナァニ！　私は知らないのよ」

回り舞台の中でそういってみるのです。

手を振るのが好き

私は小さい時から、手を振るのがとても好きでした。

小学校に行く時、玄関で母が見送っていると、私はいつまでも、いつまでも手を振っていたそうです。

「行ってまいります」の代わりに、あまりうれしそうに手を振るので、母はとても気がかりだったといいます。あんなに名残惜しそうに手を振っているけれど、あのままチョッちゃんは帰ってこないのではないかしらん、などと不安な思いがしたそうです。

最初の本がベストセラーになったおかげで、方々の地方に講演に呼んでいただいた時、司会の方が私の名前を呼んでくださると、皆さん拍手をしてくださいます。私はステージの横から手を振りながら出ていってご挨拶をします。

講演が終わった時も、私は手を振りながら、皆さんの拍手に送られて、さよなら、さよならと退場します。皆さん喜んでくださいます。

別に意識して始めた私の講演のスタイルではありませんけれど、気がついてみたら、手を振りながらの登場と退場になっていました。

アンティーク、貝がら、ローソク、エンゼル、花、
カード……。
好きなものをいっぱい並べた〝私の城〟。

一つには、おしとやかに、静々とステージを歩き、おおようにおじぎをして、おもむろに話し始める、といった形が私の気持ちにピッタリこないということもあります。ごく当たり前の人間である私が話をするのだから、会場の皆さんと一緒におしゃべりを楽しみたい、その私の考えを表現するのに、ステージの横から手を振って出ていく形は、私らしいと思うのです。

若いアイドル歌手のようで、年齢を考えるといささかテレくさいこともないではありませんが、私にはそのほうが似合っているようです。

四年ほど前のことですが、腸にポリープができて手術を受けるために入院したことがあります。

生まれて初めての入院と手術でしたから、あれこれ悩んだり怖がったりで、はては手術中に最悪の事態が起こるかもしれないと覚悟も決めて、遺言のようなものも用意し、七十年生きた幸せに感謝して、人生最後の日になるかもしれない手術の当日を迎えました。

髪の毛を白いターバン風の布で包み、体は生まれながらのスッポンポン。その上を白い毛布でおおい、手押しのベッドに乗せられて、手術室に向かいました。

手術室の前に来た時、そこにパパや子どもたちみんなが並んでいるのが見えました。

私は一瞬ハッとしました。今さらのように、私は今、重大な状態にあるのだと知る思いでした。万一のことがあっても、いい残したことも書き残したこともなく、なんの心配もいらないはずです。

私は、並んで心配そうにのぞき込んでいる家族の顔を見上げると、ニコニコ笑って手を振ったのです。

心配しないでと目顔でいい、病院生活でやせた、ほそい腕を出して振ったのです。

手術室のドアがバタンとつめたい音をたてて閉じた後、子どもたちやパパは声を出して泣いたのだとあとになって聞きました。

特別悪い病気でもなかったし、難しい手術でもなかったのですけれど、とても不安な気持ちになったらしいのです。

私が細い腕などを振ったりしたものだから、ちょうど私が学校へ出かける時手を振って母を不安にさせたように、パパや子どもたちを心細くさせてしまったのかもしれません。あるいは、私のけなげさに泣いたのかもしれませんね。

手術は成功し、私は元気に暮らしていますが、ほんとうに最後の時がきたら、やはり私は、さよなら、さよなら、と手を振ってお別れしたいなあと思っているのです。

教会を建てよう

鎌倉駅の近くにある雪の下教会は、終戦の年に横須賀のアメリカ軍の払い下げの古い木材で建てたものです。こぢんまりした親しみのある建物ですけれど、しだいに礼拝に集まる人も多くなり、時には三百人近くも集まって入りきれないこともあるようになりました。そのうえ、傷みも相当なもので、改築しなければならなくなりました。とはいっても、四、五百人ぐらい入れる教会となると莫大な費用がかかります。長老さま方のお話し合いが、何度も何度も持たれました。

会員の皆さんも喜んで協力を申し入れました。それでも、とてもとてもお金は不足なのです。

私たち兄弟は、熱心なクリスチャンだった祖母の影響で、小さい時から日曜学校や礼拝に行っていました。とりわけ母は熱心で、暇があれば聖書を読み、お金があれば献金するといった生活でした。

その母が北海道から上京し、牛込にあった兄の家に同居しました。母はさっそく払方《はらいかた》町の教会の会員となり、何十年と通い続けていました。その教会の牧師さんは、田島先生とおっしゃる有名な方でしたが、そのころ副牧師をしていた方が、今の雪の下教会の加藤常昭牧師なのです。まだお若くて、礼拝に来る方のお世話を親切になさる信望厚い真面目な青年だった加藤牧師は、その後ドイツに留学して立派になられ、いま雪の下教会の牧師さんとなっておいでなのです。

こんな偶然もあって、私は礼拝に通うようになり、孫たちの洗礼もしていただきました。パパの甥や姪も、長老をしたりしています。

こんなにかかわりのある教会の改築のために、私もお役に立ちたいと思いますけれど、できることはほんのわずか、たいしたお助けにはなりません。そこで徹子にも協力を頼むことにしました。

「あなた、ポケットマネーある」

と聞きました。

けげんな顔をする彼女に、ことのしだいを話し、

「みんな、なけなしのお金を出し合って頑張るんだけど、思うにまかせないわけよ」

「そう」

としばらく徹子は考えていました。

「おばあちゃまもよく献金してたわねェ。あのころは貧乏だったけれど……。

じゃあさ、オニオンステージをやったら。もちろん私も、一緒に出ていただく人にも、お礼が差し上げられないことでお願いしてみるから」

というのです。

「ホント、それをしてくれるんなら、こんなうれしいことはないし、スゴイことよ」

皆さんのご協力をいただいて、話はトントンと進みました。

私は会場探しに走りまわりました。使用料が安い公共の施設で、皆さんが来やすいように便利なところでないと困ります。

そして出演してくださる方たちのスケジュールもあります。いろいろ苦心したうえで、横浜市民ホールを借りることができました。土曜日の一日使用を、クジ引きで当てたのです。

このことを徹子に報告すると、一日使用できるなら昼夜二回の公演にしましょう、といってくれたのです。一回の公演でも大変なことですから、二回の公演は気の毒だと遠慮したのに、大丈夫だいじょうぶと私を安心させて、さっさと段取りをつけてくれたのです。一回の公演で、二千五百人ですから、ざっと計算すると、五千人の協力が得られることになります。そう計算どおりにはいかなくても、とにかく大助かりなのです。教会員の方々が必死で切符を売ってくださいました。

「トット記念でやっている聾唖の方たちの演劇も観ていただきましょう、とっても素晴らしいわよ」

と、それもプログラムに加わりました。狂言「墨塗」という題です。

設立当時から、聾唖の方たちにプロの演技者になるためのお稽古をつけて、献身的なお世話をなさっている三宅右近さんのご苦労の甲斐があって、狂言はとても理解しやすく、立派な出来栄えでした。

　プログラムの挨拶にも、三宅さんの才能と努力、そして忍耐に感謝していること、また、狂言「墨塗」を上演するために聾唖の方たちが想像を超える熱心さで稽古をしたことなどが書いてありました。

　ほんとうに、たまねぎの皮をむいた時のように何度も涙を流しました。

　聾唖者の方のためには、手話の方がついて訳してくれます。語りは大神信さんが、朗々とつとめてくださいました。

　ほんとに、素晴らしい舞台でした。

　ほかにコロラチューラ入りオペラや冗談話、徹子と弦楽三重奏、ラジオドラマ形式によるソーントン・ワイルダーの「わが町」などが演じられました。

「わが町」は、人間の本当の幸福を追求したアメリカのドラマの一コマです。生きていることの幸せ、そのことに気づかずに日を過ごしてしまう哀しさ。ハンカチを目に当てる方も、あちこちに見受けました。面白く、おかしく、観る人の心をほのぼのとやわらげて幕は下りました。大変な拍手でした。けれども、名演技をした聾啞の方たちには聞こえないのです。

　徹子は舞台の中央に立つと、

「皆さま、あんなに大きな拍手をいただいてありがとうございます。けれどもあの方たちには聞こえません。もう一度舞台に出ていただきますから、手をあげて、大きな拍手をお願いします」

と挨拶したのです。

　再び激しい拍手が起こりました。涙を流しながら拍手を送っている人もいます。舞台の正面に並んだ出演者のひとりひとりは、手話で自分の名前をおっしゃいます。もちろん、その名前はもう一度、大きな声で司会者が紹介してくれるのです。

　舞台の上と、観客の皆さんの気持ちがぴったり一つになって、いつまでも立ち去り難い雰囲気になりました。

　とても感激的な一日でした。

出演してくださった方、それを見に来てくださった方の善意は、雪の下教会の改築資金の一部となりました。

こうして、一九八四年から教会は新しい姿になりました。今、大勢の方々が礼拝に集まっておいでです。

詐欺犯に「どうも」といってしまう私

あのころは大変な時代でした。長く苦しかった戦争が終わって平和が訪れましたが、食べ物もなく、住む家もなくバラック暮らし、着のみ着のままの生活でした。ぼつぼつ再建する会社はあっても、仕事らしい仕事がなく、給料もまともにはもらえません。ですから生活といえば、手持ちの物を売ったり、物と物を交換したりして、ほんとに細々とその日その日の生活をしのいでいるのでした。

何もかも配給でした。それもほんのわずかのミルクや干物などを、長い行列を作って待って、やっと手に入れるといった具合なのです。

どこを見ても、東京の町は焼け野原、土地は方々に広くあいていましたが、新しい家を建てようにも材料も人手もなく、空襲に備えて掘った自家製の防空壕にブリキの屋根を乗せて、モグラのように暮らしている人もいました。耳新しい「不動産屋」なる商売が目につくようになり、繁盛しだしていました。コソドロ、空き巣、カッパライ、詐欺などが横行し、国中が混沌としていました。

夜道を歩いていたら、着ているものをすべてはぎ取られ、パンツ一枚にされて電柱に縛られていたなんて話も、別段珍しいとも思われずに聞かれたものです。

そのような時に、私は子ども三人と母を伴って、疎開先の青森から東京に帰って来ました。幸い家は小さいながら建てることができました。青森と東京をなん度も往復してかつぎ屋さんをして、少しずつ貯えたお金で、白い壁に赤い屋根の家を知り合いの大工さんに頼んで建ててもらったのです。はっきり値段を覚えています。十二坪で十三万円の家でした。

配給のわずかな小麦粉や、ミルクを貯めておき、お菓子を作ったり、古い着物を作り替えて洋服にしたり、どこの主婦も頑張っていました。私も頑張りました。シベリアに抑留されているパパは、いつ帰るか見当もつきません。でも私たちは、毎日賛美歌を歌いとても陽気に暮らしていました。「パパは絶対に帰ってくる」という母の祈りが自信をもたせてくれました。子どもたちも母も元気でした。

世の中が物騒なのに、私はいたって、そういうことには鈍感だったのかもしれません。よく詐欺まがいのことに、引っかかりました。相手に騙されるというより、私のほうから騙されてしまうところがあるのです。

ある日、三十歳ぐらいの女の人が私を訪ねて来ました。というより勝手に玄関に入って来たのです。彼女は、目に涙をいっぱいためて話し始めました。

「子どもがハシカにかかり、そのうえ肺炎まで併発してしまったんです。入院しないと子どもの命が危ないのですが、お金がないんです。奥さん、どうぞ助けると思って、この生地を買っていただけないでしょうか?」

そういって、ウールだという生地を私に差し出しました。とても上等の生地のように見えました。

「いくらでもいいんです。買っていただきさえすればいいんです」

そのころ、ちょうどうちの子どもがハシカを患ったばかりでした。その時肺炎になったら大変と、とても心配したことを思い出したのです。

この若いお母さんは、今どんなにつらいことでしょう。この瞬間だって、子どものことが気になっているでしょうに……なんて思ったら、もういけません。かわいそうでかわいそうでならないのです。

「いま手もとにお金はないけれど、郵便局に行けばなんとかなるわ。貯金を払い戻して買ってあげますからね」

私はそういってしまっているのです。なんとなくしぶっているように見える彼女を、

「行きましょう、行きましょう、何も遠慮することないのよ」

とせき立てて郵便局に行き、あり金全部払い戻して渡しました。三千円ありました。さあ、これでこの女の人の子どもさんはきっと元気になるでしょう、よかったこと。私はなんとなくいい気分でした。私だって子どものハシカの時は、つらかったのですから……。

そこで、私はまた名案を思いつきました。

「ちょっと待ってね、私の友達が水飴を売っているの、すぐそこだから、お子さんのお土産に持っていってね」

私は友達からかけ売りで飴を売ってもらうと、くだんの彼女に持たせ、駅まで送って行き、「お子さんを、お大事にね」といって別れました。

あとになって、近所の友人に生地を見せますと、

「エェッ！　ひっかかっちゃったのォ。あの女はねェ、名うての詐欺師なのよォ。子どもが病気だといったでしょう」

「うん、そういったけど……」

　というわけで、ことの真相があきらかになりました。

　自分のバカさかげんにあきれ、恥ずかしいやら悔しいやら。一人地団太を踏んだのでした。

　それから半年ほどたって、警察から呼び出しがありました。人に会ってもらいたいとのことです。行ってみると、確かに見覚えのある女の人が、横向きかげんに座っていました。例の詐欺師さんでした。

「あの節はどうも……」

　なんとこれは私の口から出た言葉だからあきれます。相手からいわれてしかるべきでしょうに……。彼女はちょっと頭をさげたように見えましたけれど。

「何が、あの節はどうもですか」

　刑事さんに、あきれ顔でたしなめられました。

　帰り道、私はひどく憂鬱な気分になってしまいました。

　彼女は、そうとう大きな詐欺を働くようになっていったようです。私のように簡単に騙される人間が、彼女を悪くしていったのではないか、そんな思いがしたからです。

　私の行為は、善意とはいえ、彼女のよこしまな心をより増長させる結果になってしまったようです。私は泣きべそをかくような気分に落ち込んでしまいました。

彼女に子どもがいるのかどうかも怪しいものですけれど、もし本当にいたとしたら、母親が刑務所にいる間どうしているのかしらなどと、またまた泣きたくなります。

でも、名うての詐欺師である彼女に、人を信じやすいのんびり屋の私が太刀討ちできるはずもないのですけれども。

あのころは、ずいぶんよく騙されました。私のお人よしは今も変わりありませんけれど、最近はそんな目にあうこともなくなりました。やはり、戦後の混乱していたあの時代、人の心が荒れてもいたし、また妙にやさしくもなっていたのかもしれませんね。

ある青年からの小包

それはある夏の夕方でした。篠つくような雨が急に降りだしてきました。洗濯物を取り込もうとしてあわてて外に出ると、近所の道路で工事をしていたらしい青年が、わが家の小さな庇《ひさし》で雨宿りをしていました。

雨をしのげるような場所でもないので、せめて濡れないようにと、

「私たちだって雨をしのいでいるのがやっとの家ですけど」

と冗談をいいながら玄関に入れ、「夕立のようですからすぐやみますよ」などと話し、乾いたタオルで着ているものをふかせ、辞退する彼の背中をふいてあげました。ちょうどお汁粉を作ったところだったので、熱いものでも食べて風邪をひかないようにと、お茶とお汁粉と漬物をお盆にのせて出してあげました。そして、「雨がやむまでいてくださいね。私は用がありますから」と、奥の台所で野菜を切ったりしていました。

しばらくして雨もやみ、青年はとてもていねいにお礼をいって帰りました。

パパが帰ってきたのでこのことを話すと、とても叱られました。

彼は東京生まれなので、田舎育ちの私より用心深いのです。人間の心なんていつ変になるかわからないんだから、そんなことは知らんふりしておけばよいといいました。ほんとうにそれはそうです。私だって一瞬ためらいはありました。でも、そうしなければ私の気がすまないのです。いつの場合でもそうだけれど、自己満足でしかないことは分かっていても、いいことをしようとしていることに神さまが力を貸してくださらないはずはない、といつも母からいわれていましたし、せずにいられないのは、私の

性分かもしれないと思っています。

今は時代も変わり、本当に用心に用心をしていなければならない時代になりました。

昔は、夜やすむ時にもどこの家も鍵などかけないで平気でしたのに。

それから七、八年経ったある日、小さな小包が届きました。差出人は名前も知らない人でした。中に手紙が入っていて、

「あの日、雨宿りをさせていただいた温かいもてなしは一生忘れません。渡る世間に鬼はなしと聞いたことがありますが、田舎から出稼ぎに出てきて夜学で勉強し、今はどうにか月給を貰う身になりました。本当に鬼ばかりでないことを知り、ガンバる力が出ました。心ばかりのお礼の気持ちを受け取ってください」

と、百枚ぐらいのハガキが入っていました。

人にハガキを贈るなんて気のつかないことです。ハガキはすぐ役立つものです。

よく私の家の住所がわかったなあと思いました。名前は表札を見ればわかることだし、きっと近所で調べて帰ったのでしょう。

私だったら、いつかお礼をしたいと心で思ってはいても、そんな紙切れをすぐなくしてしまって、お礼のチャンスも失ってしまうことでしょう。

きっと今ごろは、あの青年も七十歳ぐらいになっているでしょう。私の二十五、六

歳のころの思い出なのですから。お孫さんもいて、きっと幸せに暮らしていると思います。

小包をいただいたこと、親切が報われたことがうれしいのではないのです。私が勇気をもってしてあげたことがうれしかったのです。差出人のところに住所はなく、名前だけが書いてありました。このあたりも、なかなか心得たやさしい青年だと思いました。

こういうことは、あらためてここに書くまでもなく、毎日のように老人ホームを訪ねてボランティアをしている人もいますし、ひとり住まいの老人のために、掃除、洗濯、お風呂に入れてあげるなどの行為を無償でしている方もいます。手話を勉強して、聾啞の方たちのために、少しでも役立とうとしているけなげな人たちもいます。こんな人たちには本当に頭が下がります。

どの道を選ぶにせよ、愛がなければ人の役に立つことはできないことだと、つくづく思うのです。

〝欲しかったら買ってあげるよ〟

先日、久し振りに散歩がてら、八幡さまへ通ずる若宮通りの商店街へ出かけました。何か気に入ったものでもあれば買おうかな、といったていどの、気ままなショッピングです。

扱っている品物が、どことなく垢抜けているので気に入っている洋品雑貨の店へ、ふらりと入って行きました。

ビーズをきらきら光らせている小さなポシェット、美しいプチポアンやゴブラン織のハンドバッグ、刺繍のめがねケース、ローンのロマンチックなハンカチ、こんな小物を眺めて楽しむのは、ティーンエージのころだけではないらしく、私なぞはいまだにドキドキするような憧れに似た思いがあります。女の心の中には、しわの数に関係なく十代の娘心が息づいているようですね。

「それが欲しいの？」

「……」

「欲しいんだろう？」

「……」

「買ってやるよ」

私のすぐ横で、男の人の声がしました。四十歳前後と見える二人連れが立っています。

赤いセーターに同じ赤のブルゾンの背の高い男の人と、地味な色のセーターに黒コートの美しい女の人は、ゴブラン織の大きめのめがねケースを手にしていました。男の人の問いかけに、彼女は最後まで欲しいとも何ともいわずじまいで、彼のほうはさっさと店の人にいって買ってしまっています。私は女の人に、

「素敵じゃない。私もそんなことをいってくれる男性にめぐり会いたかったわ」

女の人があんまり愛想がなくて無表情なので、ついよけいなことをいってしまいました。

男性のほうも、

「このでしゃばり女め」といったふうに私をいちべつしただけでした。

「欲しかったら買ってあげるよ」

こんな言葉を私も誰かにいってもらいたかった。これは私の実感なのです。

私は、人からプレゼントとして品物をもらったことはよくありますが、店先で気に

入ったものを〝買ってもらう〟〝買ってあげる〟というようなことはなかった気がします。

主婦になって長い間、台所のものとか子どもたちのものしか買えなかったし、また子どもたちに欲しいものがあって買い物に行っても、必要なら買いなさいとか、買いましょう、という感覚でお金を払うだけで、買ってあげるわ、ということではなかったようです。親のお金だから買ってあげるなんて、恥ずかしいようでいえなかったのです。

私が小さい時、父や母と買い物に行っても、お金を払って物を買うのを見たことがありませんでした。

昔のことですし、せまい町のことでもあります。町中みんな顔見知り、そのうえ、父が医者ということもあって、誰かが病気にでもなれば、父の治療を受けることになります。

買い物の代金も治療費ものんびりと、盆と暮れの二度が支払い時で、あとはツケでの買い物でした。小学生の使う学用品、ちょっとした本などは、学校の前の文房具屋さんで買いましたが、これもツケで「これとこれをちょうだい」と店のおばさんにいってもらってくるといったふうでした。

小さい時には〝買ってもらう〟どころか〝買う〟という感覚だってなかったようです。

女学校の寄宿舎生活、そして上京、一人で生活するようになると、お金は親から出してもらうにしても、買う行為は自分ですから、やはり「買ってもらう」のではないんですね。

いってみれば、私は小さい時から、買ってもらうことに慣れていなかったのでしょう。

結婚して間もなくのころ、パパと銀座に行ったことがありました。その時、ビロードのとても可愛いお人形が気に入って、手に取って見ていると、パパが、

「欲しかったら買ってあげるよ」

そういってくれました。

私はなぜか、顔が真っ赤になるほど恥ずかしくて、

「いいの、いつか自分で買うから」

とあわてて断ってしまったのです。

今にして思えば、あの時喜んで買ってもらっていれば、私とパパのその後のかかわり合いが少し違ったものになっていたかもしれない、と考えることもあるのです。そ

の後、パパから、

「買ってあげるよ」

という言葉をいわれたことはないのですから。

物を買ってもらう、そして買ってあげると、対等の人間関係がこわれてしまいそうな気がしていたのですね。相手が男性ならなおさらです。

もっと素直に、男性に甘えられたらよかったな、と今になって思います。

そのくせ、人さまから贈り物を頂くのも、差し上げるのも大好きなんですけれど。

ついでに、お話しますと、パパは、私が何かパパの物を買って帰ると、それがごく当たり前の必需品であっても、

「ママに買ってもらった」

といって喜んでくれていたんですから、おかしな夫婦でしたよね。一緒に旅に出ると、

「ママが連れてきてくれてとてもうれしいよ。ありがとう」

と何度もいいました。

ところで、例の男女二人はどんな間柄だったのでしょう。お兄さんと妹、こんな関係だったらいいですね。お兄さんが妹に何か買ってあげる、これなら私のように肩肘

張らなくてもいいではありませんか。

それにしても、私の〝照れくさがりの意地っ張り〟を百も承知のうえで、

「欲しかったら買ってあげるよ」

そういって、お人形を買ってくれる人がいてもよかったのになあと思っています。

黒柳一族、全員集合

暮れからお正月にかけて、ふだんは静かな私の家が一変して賑やかになります。四人の子どもたちがそれぞれ奥さんや旦那さまや子どもたちを連れて集まってくるのです。

仕事の都合がつかず、参加できにくい長女も、今年は大丈夫、黒柳一族全員集合、揃って一つ屋根の下で初春の雑煮を祝うことになりました。

私は十二月の講演などはすべてお断りして、お手伝いのみねさんと二人で、その準備にかかります。

集まってくる子どもや孫の顔を思いながらの準備は心がはずみます。

隙間風の入る古い洋館作りのわが家は、まずその隙間をふさぐことから始めねばなりません。孫たちに風邪でもひかせては、大変ですから。

次には、寝具にうるさい次男を思って、家中の布団や毛布を天日に干し、シーツやカバーを点検し、ほころびなどのないよう繕います。お嫁さんたちはしっかり者できれい好き、いい加減な手入れではすぐボロがでるもの。姑の面目にかかわるなどと、いっぱしの冗談をいいあいながら、ほどほどの修理をするのですから、私の甲羅も相当の厚さです。


さて食通揃いの人たちの食糧の準備。これが大仕事。

黒豆、キントン、煮物などは手づくり。手間ひまかけてたっぷりと仕上げます。私としてはお袋の味をシッカリ印象づけておかねばなりますまい。母親としての点数をかせぐのはここぞとばかり頑張ります。お金をかけず、豪華でおいしく料理するのは、それこそ主婦の知恵の見せどころなのですから。

若いころは、百人ぐらいのパーティーも、私とみねさんの二人で準備したものでした。


〝レストラン朝〟といわれたころのことを思えば、家族だけの支度などは軽いもの。

十二月に入ると、ぼつぼつと食品の買い溜めを始めます。頂き物の中から日持ちのするものを別にしまい込み、地方の特産で子どもたちの好物は、その日に合わせて注文します。

子どもたちの家族は、お正月は旅行などせずに鎌倉のこの家に来るのが一番楽しく、そのうえ、経済的なのだと、喜んで集まってきてくれます。そんな若い人たちの期待にこたえるべく、私は若い人好みのお正月料理のレパートリーも広げておこうと、おおいにハッスルするのです。

暮れの二十九日から新年の二日か三日まで、十余人分の食料品となれば、それはかなりの量になります。徐々に嵩を増していく食品の山を見ながら、平和のありがたさをしみじみと感じます。

食品の山どころか一粒のお米も貴重だったあの昭和二十年前後のことを思ったら、なんという恵まれた時代なのでしょう。ほんの一握りの米やおいもで傷つけ合い、憎み合ったのはついこの間のことのような気がするのに、今は豊富な食料を鼻唄まじりに集められるのですから。

いよいよ、二十九日、全員集合。大晦日の夜は、子どもたちも大人たちも賑やかに夕食をすませました。

十一時ごろになって子どもたちが寝静まり、やっと大人の時間になりました。

ゆっくりおしゃべりなどを楽しむことにいたしましょう。そうそう、とっておきのカニが二匹ありました。

次女のオムコさんは、包丁さばきがめっぽう上手。これも、お正月用のとっておきのまな板を出して、器用にカニをさばくのを一同感心して眺めます。さてご馳走になりましょう。

長女が人数分のお皿を用意して、だれにでもカニの同じ部分が同じ量だけ公平に行き渡るように分配します。戦中、戦後のあの大変な食糧難のころ、ちょうど食べ盛りだった彼女は、つらい思いで過ごしました。だから食べ物の恨みを一番よく知っているのです。

母親というものは、珍しいものや美味しいものをみんなで食べる時、子どもや旦那さまに自分の分を回してしまい、食べずにしまったりするものですよね。私もそうです。けれどこのように等分にしてしまうと、心置きなくご馳走になれます。徹子の心くばりには大いに感謝なのです。

二杯酢につけたり、カニの肉を箸で出したり、カニミソは先に食べましょうとだれかがいえば、いやいやおいしいところは最後にしますなどと、勝手なことをいい合いながら、食べています。

わずかのカニを賑々しくいただいて、こんなおいしいカニは生まれてはじめてと口々にいっています。

そんなところに寝たはずの、五年生のルビちゃんが、ひょっこりトイレに起きてきて、

「あっ、カニだ！」

と指さします。子どもの知らぬまにおいしいものを食べている後ろめたさに、大人たちは一瞬しらけましたけれど、ルビちゃんには早々に引き揚げていただいて、またまた宴は続きます。

いよいよ年越しソバの出番。

ソバを茹でる人、タレを作る人、海苔を切る人、ネギをきざむ人。

待つ間もなくおソバのできあがり。

やはりおいしいですね、みんなで食べるおソバは。楽しいひと時でした。

「パパも一緒だといいんだけれど」

「もう二年になるのねェ」

こんなことから話題はパパのことになっていきます。

「ずいぶん頑固でわがままなところもあったけれど、やはりわが家の誇りうる芸術家

ね」

「そう、天才音楽家というわけ」

「去年の海外派遣音楽コンクールの一位はパパの愛弟子さんでしょ」

「そうなの、見事一位になれて黒柳賞を獲得したのにパパはいないんだもの」

「ほんとうにパパの手で賞状を渡してあげたかったわねェ」

「慣れたとはいえ、やっぱり淋しいものね」

「今年は庭のキウイが初めてたくさん実をつけたでしょう。パパは楽しみにしていたのに見せてあげたかったなァ」

　パパの思い出話にみんなしんみりしました。

「子どもたちが早く大きくなるといいけど」

「今が一番いい時よ。親子が一緒に暮らすのは、一生の間でとても短い期間だもの。幸せの中にいる時はそれが見えないものなのよ」

　と私はいいました。

　私も過ぎた日々を振り返れば、子どもの手を引き、おんぶして疲れも知らずに暮らしていたころが一番輝いて見えますね。

　パパとママの二人から、今は十余人の大家族、ネズミ算的だと驚くばかり。その中の誰一人病気になる人もいなくて全員の出席、これは何物にもかえがたい幸せと、しみじみお互いに感謝し合いました。

一九八五年の元旦を無事迎えた私たち大人は、四時半ごろになってやっとしゃべり疲れて眠りについたのでした。

元旦の一番の楽しみはお年玉。年の小さい順から渡します。そして子どもたちからはバァバにもね。いくつになってもお年玉はうれしいものです。年とったらいらないだろうなどとはゆめゆめ思わずに、きれいな袋に入れてジイジやバァバにさし上げてください。

お金ってそんなにいいものかなあ

暖冬といわれながらもさすが大寒。冬も真っ盛りとあって、寒い寒い日が続いていましたが、今日は少し寒さもゆるみました。そういえば、ミリミリするほど痛い私の背中も両膝も、今日はちっとも痛くないのです。やっぱり暖かいのがいいのかもしれないなあ！

やわらかい冬の陽ざしをあびていると「もし、たくさんのお金があったら、どんなに寒い季節でも、家中を常に暖かくできるんでしょうね。せめて今日くらいの暖かさに保つ暖房完備の家にするんだがなあ」なんて考えます。そうすれば小さい子どもが起きてきても、風邪をひかせたら大変と、あわてることも、大さわぎすることもないんですから。

私の家は四十年前に前の持ち主が建てた木造洋館で、十数年前に、ひょんなことから越して来たのだけれど、少々傷みもきて隙間風が入るようになりました。でも、すぐご近所の長谷の大仏さまだって、野天で頑張っておいでなのですから、隙間風ごときで、そうせつなそうにこぼすのも申し訳ないことです。

なんといっても、今年の冬は、暖かく過ごせる品を二つも頂戴したんですから。

一つは娘からの下着。軽くて薄くて、それなのにフウワリした風合いで、そのうえ自分で洗濯もできるとくるから重宝です。

もう一つは肌掛け布団。こちらは香典返しの頂きもので、とても暖かいのです。これを使用すると、長い間使い慣れた古ベッドも、宮殿の奥に休むお妃さまのしとねもさもありなん、と思うほど寝心地よく、冷え込みもあまり気にせず、夜ごと幸福感を味わっています。

こうなると、集中暖房でなくても上等、なんて思えてきます。

そういえば、去年の暮れにデパートで、クリームやお白粉、口紅など私としては初めて、化粧品の買い物をしました。いささかテレくさかったのですけれど、楽しいことでもありました。でもお値段も結構なものですね。

今までは娘たちの使い残しで十分でした。女の子が二人もいれば、使いきれてないクリームや口紅が、たくさん放り出してありましたから。

「古いクリームなんか、使っちゃだめヨ」

と子どもにいわれても、私の肌はそういうものに耐えるようにできています。

戦争中なんか洗濯石鹸で、どんなに顔を洗ったことやら、それでも私の肌はビクともしなかったのですから、お古で充分なのです。

着る物だって、こと新しく自分のものを買わなくても、娘たちのがたくさんありました。

そのまま使えるのもありますし、また、ちょっとした工夫で私のお気に入りの洋服に変身するものもあります。短くて着られなくなったオーバーに、クリクリした毛足のアストラカンの毛糸を買ってきて、裾、袖口、衿、そしてポケットにも、必要な寸法を編んで付け足したら、しゃれたコートに生まれ変わりました。

気の合った友達が、「まあ、素敵！」などとお世辞にでもいってくれたら、私は大満足。他人は貧乏性といおうが、なんだろうが、私には最高の気分なのです。その後、そのコートは長いこと私の愛用の一着となりました。

ファッションも心で生み出すことですね。今までは着てみなかった美しい色や型にも挑戦してみて、いつも新しい感覚を求めていれば、自分なりの創造はできると信じています。

お金をかけなくても、おしゃれは楽しめるということですよね。

現代は、美貌もお金で買えるといわれます。整形手術で割に簡単に美人になれるそうですけれど、だから幸せになれるというものでもないでしょう。

また、このごろの若い男性の中には、お金持ちの娘と結婚して、オヤジさんの会社でも継がしてもらって、ついでに家も建ててもらい、外車を乗り回し、そのうえ別荘でもあれば文句なしで、この際、女の人の容貌、人柄は問わない、などと堂々といってのける人もいるとか。こんなことは私たちの世代なら、男と生まれたら死んでも口に出せないセリフだったけれど、男の意地も様変わりしたんでしょうか。現実にそんなことをしたら、虚しいばかりでしょうね。それもお金で補えるというのかしら。

そのようなことを、もし本気でいう人がいたら、その人はほんとうに大切なもの、ほんとうに美しいものは何なのか知らないのでしょう。私だって、ほんとうの幸せ、ほんとうに美しいものは何なのか、はっきり分かってはいないけれど、いつか分かる時が来ると信じて、探し求めて生きているのです。お金第一主義にはとてもなれません。

　もっとも、地獄の沙汰も金次第といいますから、お金で買える幸せというのも、世の中にはたくさんあるけれど……。

　いつでしたか、関西一の大金持ちの老夫婦が、テレビで話しているのを聞いたことがあります。

「今やもう、欲しいものは何でも手に入りました。今一番欲しいものはと聞かれたら、私たちを五十歳まで戻してくれたら、私の財産をすべて差し上げます。そう答えるでしょう」

　してみると、現在三十代、四十代の人は、そのお金持ちの方より以上に大きな財産を持っていることになるではありませんか。

　人の財産などあてにせず、楽をすることばかり考えずに、頑張ることです。

　勇気を持って自分の力で造り上げていくことを心がけていれば、自分にとって一番大事なもの、美しいもの、それが何かも、しだいに見えてくるものだと思います。

すぐ傍にあるかもしれない幸せをつかむことです。うかつにチャンスを逃がしたり、よそ見をしていて大事なものを拾いそこなったりしないように……

私の年齢になってみれば、新しい化粧品もいい洋服も、それほどの意味を持たなくなってきます。立派な車に乗って手を振ってみたところで、それだけのこと。美味しい漬物、塩じゃけの焼きたてで、白いご飯をいただいている時、このうえない幸せに感謝することもあります。もうたくさんのお金はいらないのです。

とはいっても、やはりお金というのは、重宝なものではありますよね。

老後なんて言わないで

私は、「老後の設計はどう考えていらっしゃいますか?」なんて尋ねられるとゾッとしてしまいます。そんなことぜんぜん何も考えていないからです。

いつかは死があることは覚悟しているけれど、それをいつかいつかと待つ必要はまったくないと思っているのです。

明日かもしれない。五年先、十年先かもしれない。まったく考えずに、気がつかないふりをして毎日を過ごしているの。

自分の足で地上に立って歩けること。これ以上の喜びと贅沢はないと思っています。相も変わらず、人生は、健康と少しばかりの智恵と勇気があればなんでもできると思っていますから、いま何ができるか、どうやって楽しみをつくるか、それですべてです。

小さなお孫さんがいれば本を読んであげたり、昔話や作り話でもしてあげるのもいいでしょうし、編み物のできる方はそれもいいでしょう。外出の好きな方はウィンドウショッピングをするのも楽しいでしょう。

花づくりもまた心の慰めになります。

押し花やさし木を楽しんだり、私のように面倒くさがり屋の方なら、珍しい花、誰かからいただいた印象的な花をタッパーに入れておいたり、ただビニール袋に入れておくだけでもいいのです。

四角に区分けされた製氷皿に、いろいろの花を少しずつ鉢から切って分けて入れておけば、半年もすると乾いて自然にポプリになります。ラベンダーの二、三本も入れて乾かすと、とてもいい香りがします。

その花を細長いビニール袋に入れてタンスのなかに入れておいてもいいし、お友だちに差し上げてもいい。そのときは四方に金のリボン風のシールを貼って、額縁のようにして上をリボンで結ぶとすてきです。

そのために、町を歩いて可愛いリボンや、金や銀のすかしのペーパーを探して買うのも楽しいものです。ほとんどお金もかかりませんし、とても可愛い香袋がわけなくできます。布の袋に入れてしまうと可愛い花が見えないので、ちょっと丈夫なビニール袋のほうがいいですよ。

こうやってお友だちと花の交換をしたりして過ごすこと。

世帯くさくならないこと。

人の噂話をしないこと（私は友人の悪口なんてほんとうに聞きたくないですよ）。

人を羨まないこと。

大きなダイヤをしている友人のために、別荘を持っている友人のために、羨ましがるのではなくて（私はそういうものに縁がない人間だと思っていますから）、素直にいいわねと喜んであげたいものです。

前にも言いましたが、この暖かい太陽のぬくもり、雨、風、愛、みんないくらでも神様は平等に与えてくださっています。どんなに使ったって集金になんて来やしません。

旅もいいですね。自分だけのテーマをつくっておおいに海外にも出かけてください。命あるかぎり記憶のなかに残るはずです。そこの土地の人と同じ空気を吸っている、ただそれだけでわくわくします。

若々しい色の洋服も着てみましょう。渋さを含んだ、それでいて派手な自分の好きな服、若いときには売っていなかったあこがれの洋服もドンドン着ることです。

年相応などと思わないでください。

そういうときこそ無邪気にお嫁さんに見ていただいて、着てみてください。そしてお嫁さんにも何かプレゼントしてあげてください。それくらいは年寄りのお小遣いとして欲しいですね。

昔、子どもたちが小さいとき、誰かからいただいたガムがあって、それを子どもたちに一枚ずつあげたことがありました。

それを見ていた私の母が、

「私には？」

と聞きますので、

「おばあちゃまは入れ歯だから、ダメよ」

と言いましたら、

「それでも欲しいの」

と言われ、ハッとしたことがあります。私はそのときとても大切なことを忘れていたのだと気づきました。

しゃぶってもいいのだし、あとで孫たちにちぎって少しずつあげたいのかもしれないのにと思いました。

親に対する甘え、我が子可愛さ、そして〝入れ歯のくせして〟などという気持ちがあったのです。

言ってしまった瞬間、「私はなんて非情な娘なのだろう」と思いました。ゴメンゴメンと言って、あげましたが、心のなかはつらい思いでいっぱいでした。

年寄りは何もいらない、などと昔は思っていたのですね。今、母よりずっと年上になって、年寄りほどお金が必要なのだと思うようになりました。〝いろいろなお薬も買ってみたい〟〝孫にも何かしてあげたい〟。母は熱心なクリスチャンでしたから、教会に献金もしたかったことでしょう。

年を取っても、たとえば道を歩いていて、お友だちにばったり会ったときに「いっしょにお茶でも飲みましょう」と、誘えるくらいのお金を持っていたいものです。

「お茶代も払えない」と思っていると、誘うことなどできないでしょうし、もし逆に誘われても遠慮してしまうことになるでしょう。そうして、自分をみじめに感じてしまうかもしれません。

私は、雨が好きで、少しくらいなら濡れて歩くのも平気。出がけに小雨模様だったりすると、わざと傘を持たずに出たりします。でも、それは、持っていく傘を持っているからの話。もし、出かけるときに傘が一本もなかったら、そんなふうに雨を楽しむ気持ちにはなれず、侘《わび》しくみじめな気持ちになってしまうでしょう。

お金もこれと同じこと。

そうそう、私のお友だちに、こう言う人がいます。

「年寄りはお金がなくてもあるふりをしたほうがいいのよ。私なんてたいしてお金持ちじゃないけれど、いい着物を着て、うんといい生活をしているように見せているの。そうすると息子や息子の嫁たちみんな、私にやさしくしてくれるわよ」

そう言ってケロッとしています。そして、私の財産はいちばんやさしくしてくれたお嫁さんにあげるんだとか、ときには株の話なんかもするんですって。

私はかしこい、かしこいと言ってほめてあげます。

死んだあとに、なんにも持っていないことがわかってもそれはそのときのこと。

亡くなったパパは、出かけてもぜんぜんお金を使わない人でした。いつもお財布のなかに二千円位入れてあげていたのですが、それすら何日も減らないので、これで充分と思っていたら、あるとき徹子からこう言われました。

「パパだって誰かとばったり会ったら、どこかでご馳走してあげたいな、と思うかもしれないし、もう少し入れてあげたら？」

そう言われて、私も極端な性格なので、上等の札入れをはりこんで、それに二万円入れてあげました。そうしたら翌日、パパはなんとそのお財布を落としてしまったのです。

パパの言うには、

「ママがあんな大金入れるから落とすんだよ。もったいなかった。よけいなことするから、こういうことになるんだよ」

誰でもお金を持っていればいい、ということではないのでしょうね……。

私は、今の自分を喜びとして迎え入れ、希望を失わないかぎり老いることはないと思っています。

もちろん外見的には鏡を見るたびにウンザリしますよ。でももし鏡がなかったら十六歳の少女と心のなかはちっとも変わっていない私です。

人それぞれ、生きざま、死にざまはちがうでしょう。でも、お金がたくさんあれば苦しまずに、楽にニコニコして死ねるわけでもないし、飛行機事故で死んでも、外国の道端で倒れて死んでも、私はなんの悔いもないと思っています。

すべてに時があり、自分では知ることも、もし知ってもどうにもならないことなのですから、残る時間を大切に、意地悪やケチにならぬよう、心がけながら毎日を過ごしています。

なにごとも自然にしているのがいちばんですものね。無理をしたってダメ。ただ心の望むままに夢見たり、創造したり……。この気持ちを失わないでいれば、いつまでも若く楽しく生きられるのではないでしょうか。

砂時計

砂時計……。まだたくさん砂があるときは、じっと眺めていてもなかなか減らないものです。でも、残り少なくなってからの落ち方の早いこと。イヤになります。

たとえば、お酒の好きな人が一升瓶をかかえて、飲みでの充分あるうちは惜しげもなくグイグイとやっていますけれど、底のほうに五センチか三センチという分量になると、ちびりちびりとなめるように大切に飲むようになるのではないでしょうか。

私の人生も今は残り少なくなって、最後の少量の部分にきたようです。

これから、私の新しい大切な人生が始まるのだと思っています。

美しい花々が咲いていても、きれいな谷川の水が流れていても、頂上目がけて登らなきゃならない一心で、八合目まで来ましたけれど、これから頂上までは心ゆくまできれいな花や川を眺め、楽しく道草していきたいと思っています。あたりを愉《たの》しみながらゆっくりゆっくりと……。

私は年のわりには若いと皆さまにおっしゃっていただくけれど、私だって入れ歯をはずし、髪を振り乱し、お化粧もせず、年相応の地味な服を着ていたら、八十ばあさんそのものです。それじゃあつまらないじゃありませんか。

この道は墓場への道、だなんて考えないのです。毎日、新しいアシタがあるのだと思うことにしています。

お化粧もしてみましょう。今まで気がつかなかった、自分にいちばん似合う髪型を考えてみましょう。華やかな色の洋服も着てみましょう。

最近はもっぱら、若者のように、ストレッチパンツにナウいブーツを愛用しています。気の持ちよう一つというのはほんとうですね。

年のこととか、他の人がどう思うかなんて考えません。それは突飛な格好をして奇をてらうということでなく、いろいろな束縛から自由になって、今の私をいちばん新鮮に美しく見せるものを探してみるということです。

何を着て何をしようと、これからの時間の使い方や生き方はすべて私自身のもの。そういう幸せな時期にやっとたどりついたのですから。楽しく思いきり羽ばたかなくてはね。

なにもかも投げ捨てて駆け落ちしたとしても、今は子どもたちも許してくれるでしょう。そんな人にめぐりあってみたいものだと思っています。

でも、うっかりして相手がヨレヨレになって、一生介抱するような羽目になったら大変だと警戒もしています。

この年になると、もちろん、死のことを考えないということはありえないことです。突然熱が出たり、体のどこかが痛くなることはたびたびあります。四年前は腸の大手術もしました。

でも、ここまで元気でこられたのですから、もうそのことは考えないことにしました。いやでもいつか向こうからやってくるのですから。

人生は魔術師

私が一人で長い海外旅行をすると聞くと、日本の友人たちはとても心配してくれます。旅行の途中で病気になったり、死ぬようなことになった時のことを案じてくれるのです。

もし、そのようなことになったら、周りの方たちに迷惑をかけるのは必定ですから、私も考えます。けれども、いずれにしても、いつかは訪れる病気や死を用心してじっとご隠居さんになっているのも性分に合わないし、退屈しそう。やっぱり忙しく働いているほうが少々の困難はあってもずっと張り合いがあります。何もしないでいても、二年、三年の月日はすぐ過ぎて行くのですから。外国に出る時は万一の時の用心のために、それなりの生命保険をかけていきます。

海の向こうで病気になったら、心細いかもしれないけれど、国内で入院でもして、親族、友人みんなに代わる代わるお見舞いに来てもらったりするのも、私はつらいし、好きじゃないから、国内にしても外国にしても、病気になれば同じだという気がします。

人間誰でも、自分は何の病気で、どんな臨終を迎えるのだろうかと、一度は考えるでしょう。

私もいろいろ思いめぐらしますけれど、もう七十余年生きてこられたのです。一昔前までは、古来稀なりといわれた年を過ぎているのだから、まずぜいたくな生涯を送れたと思い心残りもありません。

「おやすみなさい」と夜ベッドに入ったのに朝になったら起きてこない。家族の者が部屋を覗いてみたら冷たくなっていた、なんて最高だと思っていますし、そう願いたいと祈っています。

飛行機事故でも、心臓発作でも上等だと思っています。もっとも飛行機事故は私一人ですむわけはなく、多くの春秋に富んだ方や生活を背負った方、尊い命が犠牲になるから軽率なことはいえないけれど、それに遭遇してもあまり悲しまないでほしい、と子どもたちにはいってあります。

生きているうちは、金持ち、貧乏人、美人、不美人、頭の良しあし、いろいろあるけれど、死んでしまえば、ハムレットの墓場の場面と同じで、誰でも平等になるのだから気は楽、恐れるには足りない、なんて今は思っているのです。院号とか、戒名などいらないし、お墓参りだって忙しい中をしてもらわなくてもいいし、病院で死んだら、せめて献体して、何かの参考になればうれしいのです。お骨が帰ってきたら、子どもたちだけで集まり、賑やかに笑いながら食事でもしてもらえば充分です。

まあ、予想どおりにいくかどうか……。

実のところは、そんなこと念入りに考えることもないですよね。死なない人間がいるわけじゃなし、必ずドカンと来るものは来るんだから。

ところで、私にはまだしたいことがたくさんあるから困ってしまう。その時が来るまでの話ですけれど……。

子どもたちは、多い子は、十年近くもヨーロッパ暮らしをしていて、ほかの子どもたちもそれぞれ留学の経験があります。私はその間じゅう、送金や小包の心配をしていたのですから、今度は私が海外で学んでみたい。勉強したいこともたくさんあるし、もしインタビュアーになれたら、お会いしたい人だってたくさんいらっしゃる。考えただけでも楽しいことです。

アメリカの旅行に出かけるのだって、「まだまだ一人で大丈夫」なのです。

子どもたちや、友人たちは、私の年齢を思えば案じないわけにはいかないのでしょうけれど。それも押して、平気平気と一人合点で出かけるのは、私のわがままといえなくもないけれど、短い余生なのだから自由にさせてもらうことにしましょう。

人生というものは、まるで魔術師のように、突如思いがけない幸せのカードを与えてくれたり、花と咲き揃うかに見えた幸運が一瞬にして、さっと裏返しになったり、時としてスペードの女王を引かされることだってあるのですもの。計算ずくの人生など送れるわけもないのです。楽しくも摩訶不思議な人生のこのひとときを大事に生きていくこと、そう思っています。

私らしい愛を求めて

私の長い歴史を振り返ってみて、パパと私の愛がどのようなものであったかと、改めて思い返しています。私は、真実深く変わらぬ愛を彼に注ぎ続けたかと問われれば、イエスともノーとも答えられません。

ただ単に、私は自分を愛し続けてくれた夫を裏切るほど強い女ではなく、自分を犠牲にすることが愛へのお返しと思って一生懸命にやってきただけなのです。

けれどもまた、もし仮に私にどんな素晴らしい愛人が出現したとしても、私はそこに走り出したりもしなかったでしょう。主人以外の人のところで幸せになれるなどとは思っていないのです。

「誰も幸せにはなれない馬鹿気たことをしなかっただけです」（ショパンとジョルジュ・サンドより）

私の場合もまさに当てはまりましょうか。不幸になることをしなかっただけなのです。

時間は偉大な医者です。パパと暮らしていた時の激しい思いも、先立たれてしまった痛みも今は消えて、私はまた一人で暮らし始めています。人生の中で、一番大事なものは愛ですが、一人になっても私らしい愛のかたちを求め続けて、わずかに残された生涯を平和に、そして楽しいマジシャンとして暮らしたいと願っています。

このたびは私の文庫本を出してくださるというお話をいただき、ありがたいことだと思って、お引き受けいたしました。

単行本の時は、ほとんどニューヨーク、フィラデルフィア、またカナダなどの旅先から原稿をお送りしていましたので、目が届かず、不如意な部分がたくさんありました。この機会に読み返して手直しし、カットしたり、新しく書き加えたりいたしました。私のことを一番よく理解してくださる小牧あいさんに片腕となってお手伝いいただきましたことを感謝しています。

今年もまた、家のまわりには隙間のないほどの花大根が咲き、薄紫色のベールを楽しみながら過ごしています。

一九八七年春

黒柳　朝

新しい世界へ羽ばたいた母

黒柳徹子

　これは、私の母が書いた本です。母は父が亡くなるまで、完全な主婦でした。でも、父が死ぬ少し前に、突然、本を書き、その本がＮＨＫの朝のテレビ小説になりという風に、73歳から、働きはじめました。父は母がそばにさえ居れば幸せという人でしたから、母は、仕事をするなんて考えられなかったのです。

　母は面白い人でした。この本でもおわかりのように、正直に、何でも楽しく書いちゃう人でした。朝という名前でしたので、みんなから「チョッちゃん」と呼ばれていました。ＮＨＫから、母の本を朝のテレビ小説にしたいと言われたとき、「ゴッドファーザーを作ったコッポラさんがお友達なんだけど、彼に作ってもらっていいですか？」とＮＨＫに言って、ＮＨＫの方が、ひっくり返ったという世間知らずだった事もありました。

73歳から講演とか、本を書いたり、という仕事を始め、しかも、なぜか外国にいらっしゃる日本人の方からの要望が多く、ニューヨークを始め、ヨーロッパの色んな国に講演に出かけました。

母は、本を11冊も出版しています。よほど書く事がたくさんあったのでしょう。確かに20歳くらいで結婚して96歳近くで亡くなるまで75年間も、父と一緒にいたのですから、そして、その間、インタビュー一つ何一つ書いていないのですから、たまっていたものは、あると思います。おまけに、母は記憶の凄くいい人だったので、きっと書く事は山ほどあったのだと思います。講演も2時間くらい話すのは、へっちゃら、と言ってました。私が「ママ、小学生のときの事、覚えてる？」と聞いたことがありますが、母は「もちろん！」と、言いました。

この本の事を書くという事で、私は、初めて、母の本を読みました。そして、父の死が、どんなだったか、知りました。いい夫婦だったんだなと思いました。みなさまが母の本を読んで下さると、きっと元気が出て、何歳になっても、楽しく生きていけると思っていただけるでしょう。

ありがとうございました。

本書は、『チョッちゃんだってやるわ』（一九八七年五月朝日文庫）を再編集し、以下の三篇のエッセイを加えたものです。新収録したエッセイの初出は以下の通りです。

「子供に期待をかけないこと」
「老後なんて言わないで」
　　単行本『チョッちゃんの私は心の花咲かバァバ』
　　　（一九八九年三月　リヨン社）所収
「砂時計」「主婦と生活」（一九八九年二月）

本文中、今日の人権意識に照らして不適切な語句や表現が見受けられますが、著者が故人であり、執筆当時の時代背景と文化的価値に鑑みて、そのままの表現としました。

中公文庫

チョッちゃんだってやるわ
——新版《しんぱん》

2022年11月25日　初版発行

著　者　黒《くろ》 柳《やなぎ》 朝《ちょう》

発行者　安部順一

発行所　中央公論新社
〒100-8152　東京都千代田区大手町1-7-1
電話　販売 03-5299-1730　編集 03-5299-1890
URL https://www.chuko.co.jp/

DTP　平面惑星
印　刷　三晃印刷
製　本　小泉製本

Published by CHUOKORON-SHINSHA, INC.
Printed in Japan　ISBN978-4-12-207281-7 C1195